PIT
特殊心理捜査班
蒼井 Aoi Shun 俊

五十嵐貴久

光文社

PIT　特殊心理捜査班・蒼井俊

Contents

装幀　泉沢光雄
写真　Finn Hafemann/E+/Getty Images
Adobe Stock

Chapter ゼロ

二人の男の話し声に、蒼井俊《あおいしゅん》は瞼《まぶた》を開けた。窓のブラインドから、陽《ひ》が差していた。

目に入ったのは、自分の下半身だった。リクライニングベッドに寝ているのがわかった。

『蒼井を死なせるな。聞いてるのか、川名《かわな》!』

『大丈夫です。ただ、歩行が困難になる可能性が――』

高槻《たかつき》理事官の怒声と、川名の戸惑った声が頭を過《よぎ》った。何が起きたのか、混乱して記憶は曖昧《あいまい》だった。

(水無月玲《みなづきれい》に刺された)

車椅子の玲が立ち上がり、背後から俊を襲った。歩くのはおろか、立つことさえできないはずの玲。

すべてが偽装だった。腰を骨折し、後遺症で歩行不能になったと嘘《うそ》をつき、警視庁を欺いた連続猟奇殺人犯。

背中を刺され、よろめいて倒れた。デスクの角で首を強く打ったが、そこからの記憶は断片的だ。

玲が逃げた五分後、駆けつけた川名が救急車を呼び、ストレッチャーごと病院へ運ばれた。

救急隊員が応急処置の止血を行なったが、その間に両腕、両足の感覚がなくなっていた。

ＥＲ（救急外来）での採血、バイタル測定、覚えているのはそこまでだ。目を開くと、ベッドに横たわっていた。

（喉が渇いた）

唇を動かしたが、声は出なかった。病室の奥で、白衣を着た医師が高槻と小声で話しているのが見えた。

「背中の傷は問題ありません。出血も止まっています。ですが……」

はっきり言ってくださいと囁《ささや》いた高槻に、頸椎《けいつい》です、と医師が首の後ろに手を当てた。

「犯人に刺され、転倒した際に、首を打ったようですね。角度が悪かったのは、不運としか言いようがありません。Ｘ線写真で確認しましたが、頸髄に損傷がありました。第二頸椎で、両手、両足、体、いずれにも麻痺《まひ》があります。ＣＴ、ＭＲＩ検査をしないと正確な診断はできませんが、おそらく蒼井さんは頸髄損傷による四肢麻痺で、治癒は困難でしょう」

「歩けないと？　蒼井は一生車椅子ってことですか？」

他にもあります、と医師が自分の肩に触れた。

「自律神経障害が起き、発汗機能が失われるので、体温調節ができなくなります。血流も同じで、貧血を起こしやすくなりますし、排泄《はいせつ》も一人ではできません。ただ、脳機能は正常ですし、聞くこと、話すこと、会話もできます。意思の疎通に支障はありません。聴覚、嗅覚、味覚も正常です」

「何とかなりませんか？」

リハビリで機能が回復することもあります、と医師が言った。

「一縷《いちる》の望みはそれですね。しかし、可能性は低いと思います。あと〇・五ミリずれていれば、即死していたかもしれません。ご家族と話がしたいのですが……」

蒼井に家族はいません、と高槻が首を振った。

「両親は亡くなっていますし、独身で、兄弟もいません。親戚はいますが……」

なるべく早く呼んでください、と頭を下げた医師が病室を出て行った。無言のまま、高槻が視線を俊に向けた。

（動け）

俊は両足を睨《にら》みつけた。右足、左足、五本ずつ指が見える。だが、どれだけ念じても指は動かなかった。

高槻理事官、と俊は名前を呼んだ。自分でも聞き取れないほど小さな声だった。

「ぼくは頸髄を損傷したんですか？　だから、体が動かない？」

望みはある、と高槻が目を逸《そ》らした。俊の目に涙が溢《あふ》れ、何も見えなくなった。

Chapter 1 FAI

1

六月十五日、木曜日。午後二時四十五分。

結論ですが、と蒼井俊は左右に目をやった。桜田門《さくらだもん》警視庁本部庁舎十一階の大会議室に刑事部、地域部、生活安全部、組織犯罪対策部、交通部、警備部の各部長、そして二十人の課長が顔を揃《そろ》えていた。

捜査支援分析センター（ＳＳＢＣ）が開発したＦＡＩ（Face Artificial Intelligence）によって、顔認証及び歩容認証の精度と速度が飛躍的に向上しました、と俊は言った。

「正面スクリーンと皆さんのパソコンに映っているのは、去年の十月三十一日、ハロウィンの渋谷《しぶや》スクランブル交差点の映像です。何人がこの空間内にいるか、人間の目で数えることはできません。ですが、ＦＡＩは一瞬の映像を切り取り、立体的に再現し、映像の補完、確認を数秒で行ない、死角のない状態にします。ＦＡＩを応用すれば、逃亡中の容疑者、あるいは指名手配犯の特定、追跡が可能になります」

集まっていた全員が長テーブルのパソコンとスクリーンを交互に見た。

いずれは該当人物の行動も予測できるようになります、と俊は小さく咳払《せきばら》いをした。

「まだ実験段階ですが、体やつま先の向き、体重移動、視線、その他人間工学に基づく予測です。今後、必要なデータを入力すれば、ディープラーニングによって該当人物の心理を高い精度で推測できます。現在、警視庁には約四万三千人の警察官がいますが、FAIの活用によって人員の三割カットが可能になるでしょう。現時点で九〇パーセントの完成度ですが、何か質問はありますか？」

FAIプロジェクトがSSBCに設置されたのは三年前だ、と俊の隣に座っていた捜査一課理事官の高槻警視が口を開いた。

「一年前、復帰した君がプロジェクトリーダーになった。短期間で水準を大きく引き上げたのは評価できる」

それまでの蓄積があったからですと答えた俊に、珍しく謙虚だな、と高槻が皮肉な笑みを浮かべた。

「確かに、FAIは画期的なシステムだ。専門のSEでなくてもデータ入力ができるし、分析も自動だ。四十八時間分の映像データを二分で処理できるようになるとは、我々も予想していなかった。だが、問題もある。現状では防犯カメラの数が足りないから、データ収集力が不足している。犯人の特定、逮捕には一〇〇パーセントの確証が絶対条件だ。九〇パーセントと君は言ったが、未完成の状態で使用するわけにはいかない」

この十カ月で三回、と俊は口を尖《とが》らせた。

「防犯カメラ設置について、上申書を提出しました。ロンドン市内には約二百万台の防犯カメラがあり、スコットランドヤード（ロンドン警視庁）は六万台を設置しています。少なくともその半分、三万台を二十三区内に設置すれば犯罪の抑止、犯人逮捕に繋《つな》がると――」

東京とロンドンでは事情が違う、と高槻が首を振った。

「六万台の防犯カメラはテロリスト対策の意味もあるし、官民の協力体制も取れている。日本では全国に五百万台の防犯カメラがあり、二十三区に限定しても百五十万台以上、ただし、ほとんどは企業、店舗、家庭用だ。警視庁は新宿《しんじゆく》歌舞伎町《かぶきちよう》地区に五十五台、上野《うえの》二丁目地区に十二台、渋谷地区に二十一台、池袋《いけぶくろ》地区が四十九台、六本木《ろつぽんぎ》地区四十四台、繁華街を中心に約三千台を設置している。君が言うほど簡単には増やせない」

世論への配慮ですか、と俊は舌打ちした。

「監視社会、警察による全体主義国家化、プライバシー侵害……批判や反対意見があるのは理解できますが、一台の防犯カメラには十人の警察官以上の能力があるんです。中長期的に考えれば犯罪への抑止力となり、犯人逮捕が容易になるでしょう。しかも大幅なコストダウンが――」

防犯カメラの増数は検討中だ、とオブザーバー席の中山《なかやま》刑事部長が鋭い声で言った。

「当初、国家公安委員会、警察庁、警視庁は五年以内にＦＡＩ開発の目処《めど》がつけばいいと考えていた。だが、君たちのプロジェクトは三年でシステム構築をほぼ完了した」

「早いとまずいんですか？」

皮肉は止《よ》せ、と中山が不快そうな表情になった。

「現状の三千台から一万台に増やすのも、莫大《ばくだい》な予算がかかる。いきなり三万台ってわけにはいかない。こういう話には、どうしたって時間がかかるんだ……警察にとってＦＡＩが強力な武器になるのは私も理解している。だが、これは警視庁というより、警察庁と国家公安委員会マターだし、民間の防犯カメラとネットワークを共有するには、内閣府の判断を仰ぐ必要もある。現行法では、令状がないと映像情報の提供を強制できない。それはわかってるな？　焦っても仕方ない。今日はここまでだ」

解散、と中山が言うと、各部の部課長が席を立ち、大会議室を後にした。俊と高槻だけがその場に残った。

上も慎重にならざるを得ない、と高槻がノートパソコンを閉じた。

「ＦＡＩがその真価を発揮するためには、君が言うように都内だけでも三万台の防犯カメラが必要だ。全国規模で言えば三十万台、民間の防犯カメラとの連携も不可欠となる。だが、警視庁のホストコンピューターで個人の防犯カメラ映像をチェックすれば、反対意見が出るのもやむを得ない」

確かにそうですが、と俊は言った。

「今までテロは起きなかった、だから今後も起きないと考えているなら、警視庁の危機管理能力はゼロどころかマイナスですよ。東京の犯罪発生件数は一日平均約二百件、交通事故も含めれば二百八十件です。ＦＡＩなら、その九〇パーセント以上の犯人を二十四時間以内に特定できます。だから、上層部はＦＡＩの開発を命じたんでしょう？」

現時点でＦＡＩにできるのは、と高槻が言った。

「容疑者もしくは犯人の発見、現在位置の特定、ＡＩによる行動推測、この三点だ。そして、君はＦＡＩの性能を更に向上させ、犯罪発生の予想を可能にするつもりだな？」

個人的な考えですが、と俊は片目をつぶった。長い入院生活を続けているうちに、自然と癖になった動きだ。

「警察の役割として最も重要なのは、犯人の逮捕ではなく、犯罪の防止です。殺人事件の犯人を逮捕しても、被害者は生き返りません。ＦＡＩなら、犠牲を最小限にできます」

市民の安全を護《まも》ることが警察官の使命だ、と高槻が席を立った。

「君が言うほど、ＦＡＩの能力は絶対じゃないと私は考えているが、完成すれば確実に犯罪が減るだろう。予想より二年早くここまでこぎ着けたのは、君の執念があったからだ……ＦＡＩ開発の本当の狙いは、あの女を見つけることだな？」

俊は何も言わなかった。まあいい、と高槻が空咳《からせき》をした。

「後は我々に任せろ。君には別の任務がある」

「別の任務？　ぼくがＦＡＩプロジェクトから外れたら――」

ここからは政治だ、と高槻が俊の肩を軽く叩《たた》いた。

「それは我々の仕事だよ……特殊心理捜査班の班長代理として、君をＰＩＴに戻す。君はコンピューター犯罪特殊捜査官だが、警部補に昇進したから、班長代理を務めても文句を言う者はいない。昔なじみの川名も一緒だ。正式な辞令は週明けだが、今日のうちに顔だけ出しておけ。まだ三時だから、吉川《よしかわ》班長や他の班員もいる。二カ月後、吉川はＳＳＢＣに戻るが、引き継ぎもある。いきなり交替ってわけにはいかない」

ＰＩＴ、と俊はつぶやいた。不快な記憶が脳裏に広がった。

「なぜ、ぼくなんです？」

君にしかできないことがある、と背中を向けた高槻が出て行った。

俊は小さくため息をつき、前へ、と言った。電動車椅子が動き出した。

2

「警視庁本部庁舎別館、ＰＩＴルーム」

俊の声に反応して、電動車椅子がエレベーターの前に出た。ナビゲーションシステムが目的地を検索し、最短ルートを選択する。自動運転車両と同じだ。

だが、目の前にボタンがあっても、俊には押せない。一分ほどエレベーターホールで待っていると、ドアが開いた。

「何階ですか？」

乗っていた女性職員が言った。四肢麻痺の警部補、蒼井俊を知らない警視庁職員はいない。

「一階です」

うなずいた女性職員がボタンを押すと、ドアが閉まった。一階でエレベーターを降り、正面エントランスに向かった。

外に出ると、小雨が降っていた。車椅子の背もたれが自動でスライドし、雨避《あまよ》けが頭を覆った。

別館までの道はバリアフリーだ。車椅子を使用していた玲の要請により、庁舎及び通路のバリアフリー化が進んだ、と聞いていた。

別館の受付で名乗ると、担当者がエレベーターのボタンを押した。地下一階に降り、通路を進むと、川名基三《もとぞう》巡査部長が立っていた。

「班長代理のご帰還か」

冷やかすような口調に、辞令は来週です、と俊は答えた。車椅子の警部補、と川名がＰＩＴルームのドアを大きく開けた。

「大昔のアメリカのテレビドラマに、そんなのがあったな。『鬼警部アイアンサイド』だったか？

もっとも、お前と違って、あの警部は手を動かせた。どうやって指揮を執るつもりだ？」

詳しいですねと言った俊に、ジイさんが見てたんだ、と川名が唇の端を上げて笑った。

「お前が入院していた間に別館の改装工事があって、ＰＩＴルームはそのまま地下一階に移った。ここは三年ぶりか？　実は、おれもそうだ。今朝、高槻理事官から電話があって、異動の内示が出た。挨拶ぐらいしておけ、と言われたよ。警察官もサラリーマンだからな」

ＰＩＴはPsychology Investigation Teamの略称で、刑事部捜査一課直属の捜査支援部署だ。心理学の手法を使い、犯人像を分析するのが主な仕事で、設置を提唱したのは水無月玲だった。

班長として、プロファイラーとして、玲は数多くの難事件の犯人像をプロファイリングし、犯人逮捕に寄与してきた。時には、捜査を指揮したこともあった。

優秀な捜査官、そして心理分析官という玲の仮面を剝《は》がしたのは俊だ。複数の殺人を自ら犯し、元刑事の羽生澄雄《はぶすみお》への殺人幇助《ほうじょ》など、余罪は数え切れない。

捜査を攪乱《かくらん》し、真相が明らかにならないまま、事件を終わらせようとした玲の意図に気づき、不審に思って疑問をぶつけた。

確信がないまま踏み込んだのは失敗だった、と俊はＰＩＴルームを見回した。

あの時、玲に刺されて頸髄を損傷し、四肢麻痺になった。それは自分が甘かったからだ。今も後悔の念が俊の中にあった。

その後、玲は姿を消し、消息は不明なままだ。痕跡はかけらも残っていない。

ＰＩＴを立ち上げたのは連続猟奇殺人犯の玲だ。解散すべきだ、と警視庁内から意見が上がったが、存続を命じたのは警察庁だった。

多様化する犯罪に対応するための捜査支援は、重要度を増している。ＰＩＴの設立趣旨自体は間違っていない。それが警察庁の判断だった。

ただし、班員はほとんど入れ替わっている。残ったのは春野杏菜《はるのあんな》巡査だけだ。玲にナイフで刺され、一年半の入院、半年のリハビリを経て、俊が復職したのは古巣のＳＳＢＣだった。

ＰＩＴに異動する直前に提出したＦＡＩの開発企画が採用され、八人のＳＥがシステム構築に取り組んでいたが、そのプロジェクトリーダーというポジションを託された。

今日の会議で、ＦＡＩ開発に区切りがついた。ＰＩＴへの復帰は、それを踏まえての人事だろう。川名が捜査一課に戻ったのは、俊も知っていた。典型的な刑事気質の川名は現場での捜査が合っていたから、妥当な人事だ。

班長代理を務めていた大泉《おおいずみ》は組織犯罪対策部総務課に異動し、原《はら》は所轄の江北《こうほく》署に移った。今も、たまにＬＩＮＥやメールでやり取りをしている。

現在のＰＩＴ班長はＳＳＢＣ出身の吉川晴信《はるのぶ》警部で、東京大学大学院情報科学科卒、情報分析のエキスパートだ。

新任の巡査部長二名と杏菜が新生ＰＩＴに所属し、少数精鋭のチームとして、捜査を支援していた。

席でパソコンに向かっていた杏菜が眼鏡を外し、立ち上がって一礼した。もう一人、三十代後半の女性が座ったまま会釈した。胸のＩＤに、根崎千秋《ねざきちあき》と名前があった。

来たか、と奥のソファで吉川が顔を上げた。向かいに座っていた若い男が、ゆっくりと頭を下げた。地黒の吉川と対照的に、顔色は真っ白で、ブルドッグのように頬がたるんでいた。

「PIT、ソファ」

俊の指示に、車椅子が狭い通路を抜け、吉川の前で停《と》まった。

「久しぶりだな。これがアクア2か」

車椅子に視線を向けた吉川に、そうです、と俊は答えた。

「慶葉《けいよう》大の理工学部と自動車メーカー〝オサダ〟が共同開発したマシーンで、情報工学研究の結晶です」

うなずいた吉川が、若い男に顎先を向けた。

「彼は浪岡 徹《なみおかとおる》巡査部長、君と同じコンピューター犯罪特殊捜査官だ。元eスポーツのプロゲーマーで、中学二年の時には一億円プレイヤーだったが、高校一年の夏、自衛隊の防衛システムに侵入して逮捕された。立派な経歴だろ？　好奇心による悪戯《いたずら》ってことで起訴猶予になったが、一昨年《おととし》高校を卒業したのを機に警察庁がスカウトした。そのままPITに来たから、経験は二年ちょっとだ」

二年二カ月です、と浪岡が小声で訂正した。正確な数字を言わないと気が済まない性格なのだろう。

奥に詰めろ、と川名がソファに座った。

「ハッカー様は礼儀を知らないのか？　こっちは先輩だぞ？　立つのが常識だろう」

パワハラです、と千秋が向き直った。

「浪岡くんの階級は川名さんと同じ巡査部長です。年齢だけで上下関係を強制するのは、パワハラに当たります」

根崎くんだ、と吉川が千秋に目を向けた。

「一年前、都内の全所轄署からPITでの勤務を希望する者を集め、テストを行なった。トップで合格したのが彼女だ。上立《じょうりつ》大学の総合人間科学部心理学科卒、公認心理師の国家資格を持っている。立川《たちかわ》でミニパトに乗っていたが、それじゃ宝の持ち腐れだろう」

よろしくお願いします、と座ったまま千秋が言った。君たちのことは伝えてある、と吉川が俊と川名を交互に見た。

「今日は木曜だ。来週の月曜、六月十九日に正式な辞令が出るが、その前に話しておきたいことがあって、二人に来てもらった」

何ですか、と身を乗り出した川名に、君は一課で水無月の継続捜査を担当しているな、と吉川が長い足を組んだ。

「PITの任務は捜査支援だが、裏は水無月玲に関する情報収集と分析だ。彼女は警視庁史上最悪の汚点で、絶対に逮捕しなければならない」

わかってます、と川名が獰猛《どうもう》な犬のように歯を剝《む》いた。

「吉川班長たちがパソコンであの女の情報を集めている間、こっちは雨でも雪でも聞き込みをしていました。しかし、完璧に姿を消してますからね。簡単に見つかりはしないでしょう。認めたくありませんが、あの女は異常なくらい頭が切れます。自分の読みでは、海外に逃げたんじゃないかと……」

可能性は高い、と吉川がうなずいた。

「三年間、あらゆる方向から探ったが、水無月の〝み〟の字も浮かんでこなかった。高飛びしたか、死んでいてもおかしくない」

彼女は日本にいます、と俊は口を開いた。

「機会を窺《うかが》っているんです」

「機会？」

彼女のＤＮＡには殺人の二文字が刻み込まれています、と俊は言った。

「なぜ殺人を犯すのか、全能感なのか、支配力を満足させたいのか、優越感を誇示したいのか……いずれにしても、水無月は人を殺さずにいられません。ただ、思慮深く、慎重な性格の持ち主でもあります。誰も彼女の素顔に気づいていなかった時はやりたい放題でしたが、仮面が外れた今はそうもいきません。警察が彼女の存在を忘れるまで、三年どころか、十年でも待つでしょう」

こっちは待てない、と吉川が整った顔をわざと歪《ゆが》めた。

「水無月は指名手配中の連続殺人犯で、証拠もある。先月、一課長の指示で、ＰＩＴに水無月関連の事件の捜査本部を移すことになった。本部長は私で、この件に関しては一課四係から指揮権を委譲されている。水無月をよく知る君たちを戻したのは、他に適任者がいないからだ」

もうひとつ別件がある、と吉川が指を一本立てた。

「昨日の早朝、荒川《あらかわ》の河川敷で男の刺殺体が発見された」

ニュースで見ました、と俊は言った。酷《ひど》かったそうだ、と川名が唸《うな》った。

「担当は六係で、自分は話を聞いただけだが、犯人は死体の指をすべて切り落としている。何のためにそんなことを……」

「身元不明の死体、とテレビでアナウンサーが言ってましたね」

まばたきをした俊に、身元は判明している、と吉川が声を低くした。

「円谷順一《つぶらやじゅんいち》、職業不詳の二十三歳。強《し》いて言えば炎上系ＹｏｕＴｕｂｅｒだな。煽《あお》り運転や選挙演説の妨害の生中継で自分のＹｏｕＴｕｂｅチャンネルの再生数を増やし、小金を稼いでいた。だが、去年の十一月、二年前にお茶《ちゃ》の水《みず》で起きた交通事故に関して、遺族をＳＮＳで中傷し、侮辱罪で訴えられた。懲《こ》りずに新宿と上野で無差別殺人を実行するとＸにポストし、今年の三月に偽計業務妨害容疑で逮捕された」

「頭の悪いＹｏｕＴｕｂｅｒの典型ですね……お茶の水の交通事故っていうのは、八十代の年寄りがブレーキとアクセルを踏み間違えて交差点に突っ込み、女性を死なせたあの件ですか？」

川名の問いに、そうだ、と吉川が苦い顔になった。

「犯人は禁錮五年の実刑判決を受け、刑に服している。だが、円谷は事故で亡くなった女性の夫に、金目当てで騒いでいる、同情されたいだけだと誹謗《ひぼう》中傷のポストを繰り返していた。告訴されたのはそのためだ。ひと月前に判決が出たが、侮辱罪の刑罰は――」

一年以下の懲役、もしくは禁錮、または三十万円以下の罰金です、と杏菜が言った。

「裁判では罰金刑となりました。遺族がどれほど傷ついたか……三十万円で許されることではないでしょう」

円谷殺しの犯人もそう考えた、と吉川がため息をついた。

「殺害後、円谷の指をすべて切り落としたのは、誹謗中傷のポストをさせないためだろう」

吉川が写真を小テーブルに置いた。指のない手を頭の後ろで組んだ男がうつぶせになっていた。周りに子供の英語教育玩具のＲとＰの文字がいくつも落ちていた。

右と左か、と首を傾《かし》げた川名に、ＲＰです、と千秋が眉間に皺《しわ》を寄せた。

「リポストの略です。犯人からのメッセージでしょう。誰であれ誹謗中傷のリポストをすればこうなるぞ、その暗喩です」

間違いない、と吉川がうなずいた。

「SNS関連の誹謗中傷、ヘイトコメントはどうにもならないほど酷くなっている。円谷だけの問題じゃない。何しろ、国会議員が率先してヘイトコメントに〝いいね〟を押しまくっているぐらいだからな……とはいえ、殺人は重犯罪だ。猟奇殺人だから、本庁も情報を制限して公表せざるを得なかったが、マスコミも馬鹿じゃない。殺されたのは円谷で、すべての指を切り落とされていたとすぐ知るだろう。早ければ、今日中にニュースになってもおかしくない」

指はどこに、と写真を見つめた俊に、体の下だ、と吉川が顎先を向けた。

「捜査はどうなってるんです？」

川名の問いに、容疑者が特定できない、と吉川が首を振った。

「怨恨、金銭トラブル、痴情のもつれ、そんな動機じゃない。犯人は自分に正義があり、処刑したのは当然だと思っているんだろう。潜在的には、世間も円谷を嫌悪していた。今後、犯人への同情論や同調者が出るかもしれない」

死体が発見された直後、ＰＩＴに犯人像のプロファイル請求が来た、と吉川が自分の肩を揉《も》んだ。

「だが、現場に犯人の痕跡はなかった。ナイフその他凶器も発見されていない。死体が発見されたのは荒川の河川敷で、目撃者はいなかった。殺すだけならともかく、指を切り落とすのはまともじゃない。プロファイルしろと言われても……」

無理でしょう、と俊は言った。

「検討材料がなければ、プロファイリングは機能しません」

典型的な劇場型犯罪だ、と吉川がテーブルの写真を指さした。

「演出の意図はわかるな？　この手の事件の犯人は逮捕されるまで殺人を止《や》めない。第二、第三の殺人を実行する前に逮捕しないと、厄介なことになる」

　ＰＩＴは円谷殺しの捜査を支援する、と吉川が手を軽く叩いた。

「プロファイリングは難しいが、支援は可能だ。ビッグデータとＡＩによる捜査が有効だろう。蒼井と浪岡、そして春野の三人でチームを組み、調べてくれ。私と根崎くんは水無月の捜査を継続する」

　君は実動部隊だ、と吉川が川名に目を向けた。

「六係には連絡済みだが、円谷殺しの捜査に加わり、現場の状況を報告してくれ。ＰＩＴは捜査支援部署で、基本的には臨場《りんじょう》しないが、それでは情報が偏る。頼んだぞ」

　川名が口元を曲げた。急な異動だが、と吉川が言った。

「円谷殺しの捜査は始まっている。今日は上がっていいが、明日《あした》からはそれぞれの仕事に取り組んでもらう。いいな？」

　帰宅、と俊は言った。ドアに向かって、電動車椅子がバックした。

3

　警視庁本部庁舎正面エントランスを出ると、アプリで呼んだ介護タクシーが俊の目の前に停まった。ワゴンの後部ドアが開き、リフトが降りた。運転者の介助で、俊は電動車椅子ごとタクシーに乗り込んだ。

　水無月玲に刺されたのはＰＩＴルームだった、と俊はバックミラー越しに別館を見た。

　警察官は危険を伴う職業で、捜査中、あるいは犯人逮捕時に負傷、場合によっては命を落とすこともある。そのため、地方公務員の中ではトップクラスで福利厚生が手厚い。

入院及び治療に関する費用は警察共済組合が支払い、一年半前、退院が決まった時点で、俊は国会通り近くのマンションに引っ越したが、生活支援の手配も警察共済組合がしていた。

頸髄を損傷し、四肢麻痺の俊は特別障害者だ。引っ越したのは、通勤の利便性のためだった。

警視庁本部庁舎からマンションまで、タクシーで五分もかからない。通勤はすべて介護タクシーだ。

入院して一年ほど経《た》った頃、高槻と総務部長が病室を訪れ、今後について話し合ったが、どちらも退職について触れなかった。

事情を考慮すれば、退職勧告などできるはずもないし、厚生労働省は障害者雇用を企業及び国、そして地方公共団体に義務づけている。

警察官としての仕事に支障はないから、俊は退院後に職場復帰するつもりだったし、警視庁もそれを了解していた。

マンションは完全なバリアフリーで、一階のエントランスはオートロックだが、俊の電動車椅子にキーが内蔵されているため、キーレスでドアが開いた。

部屋は三階の303号室だ。エレベーターホールに移動すると、センサーが俊を感知し、自動でエレベーターが降りてきた。

三階で降り、部屋の前に電動車椅子を寄せ、センサーに顔を向けると、顔認証によってドアが開いた。玄関に段差がないので、室内の移動はスムーズだった。

『ドアをロックしました』

合成音声が流れ出した。エイプリル、と俊は言った。

「照明とテレビをつけて」

AI音声認識サービス、エイプリルが部屋の明かりとテレビを同時につけた。部屋はオール電化で、エイプリルを通じて照明、エアコン、その他すべての電化製品を操作できる。

2DKの部屋に、ほとんど家具はない。椅子があっても、俊は座れないから、ソファもテーブルも置いていなかった。

あるのは小さなデスクとヘルパー用の丸椅子だけだ。ベッドさえない。眠る時はアクア2をリクライニングにして、ベッド代わりにする。

アクア2は多機能を集約したマシーンだ。自動運転の技術が応用され、障害物を避けながら、最高速度時速二十キロで走る。

本体を太陽光パネルで覆っているので、三十分で二十四時間分の充電が可能だ。マンションの部屋に入ると、コードレスで充電が始まる。

精密なナビゲーションシステムにより、目的地が決まれば、道路の混雑状況を判断し、最短ルート、あるいは迂回《うかい》ルートを取り、移動する。

5G仕様なので、制動速度は人間の反応より速い。危険を感知すれば、〇・〇〇二秒でブレーキがかかる。

基本的には音声認識だが、付属のカメラが俊の顔を認識しているので、いくつかのパターンでまばたきをすると、声を出さなくても指示通りに動く。

胸の前に折り畳み式の縦二〇センチ、横三〇センチの合板があり、小さなテーブルとして利用できるが、開くとパソコン画面になる仕様だ。

メールをはじめ、資料や映像はパソコンに映し出される。ヘッドレストにマイクとスピーカーが内蔵されているので、ハンズフリーで電話が可能だ。

「窓」

俊の声に、アクア2が部屋の奥の大きな窓に近づいた。南向きで、窓はそこしかない。

入居前、リフォームをしたが、天井から床まで一枚ガラスの窓にしたのは、部屋だけが俊の世界になるとわかっていたからだ。

常に座ったままなので、塀があると外が見えない。そのため、リフォームの際にベランダの塀を外している。危険なので、俊はベランダに出たことがなかった。

「エイプリル、窓を開けて」

片側の窓がゆっくりと横に開いた。俊は雨の匂いが好きだった。

初夏の風が部屋に吹き込み、顔がそれを感じた。唯一の生きている証しだ。

しばらく外を眺めていたが、雨が強くなったので窓から離れた。窓とカーテンを閉めてと言うと、ロール式のカーテンが降りた。

「水」

アクア2の背面からチューブが伸び、俊の顔の位置を測定し、そのまま口に入った。吸い込むと、冷水が喉に流れ込んだ。

アクア2の座席の下には小型タンクがあり、水とアイスコーヒーを飲むことができた。

アクア2にはできないことが四つある。食事、入浴、着替え、排泄、それぞれの介助だ。

一年半入院し、ベッドで寝たきりの生活を送った。その間に体重が一五キロ落ち、腕、足、体中の筋肉が削《そ》げ落ちていた。

体質なのか、顔はそれほど変わらなかったが、見た目は以前と同じでも、体は骨と皮だけだ。

その後、車椅子生活になったが、体を動かさないので食欲が湧かない。食事に関してだけ言えば、特に困っていなかった。

だが、入浴と着替えについては違った。体の機能の九割を喪失していたが、それを補完するためか、嗅覚と聴覚、味覚が鋭くなった。

自分の体臭が気になって、眠れなくなることもある。毎日の着替え、入浴は俊にとって必須だった。

排泄も同じで、俊は自分の意志で排尿、排便ができない。意思とは関係なく、排泄が行なわれることもあった。

体の感覚がないので、不快だとは思わないが、臭いには悩まされた。同僚の前で便が漏れた時は、屈辱ですらあった。

アクア2にもエイプリルにも、介助はできない。そのため、ヘルパーが毎日夜七時に来る。それを待つのも俊の生活の一部だった。

『……昨日早朝、足立区内で発見された死体の身元が判明しました。殺害されたのは円谷順一さん、二十三歳。死体の一部に損壊の跡がありましたが、模倣犯の恐れがあるため、詳細は公表できない、と警視庁はコメントしています。円谷さんはＳＮＳで無差別殺人を示唆し、今年三月、偽計業務妨害容疑で逮捕されましたが、罰金刑判決を受けた後、釈放されていました。また、侮辱罪でも……』

俊は壁にはめ込まれているテレビ画面に目をやった。画面の右下にPM５:23と数字があった。

円谷の両手の指がすべて切断されていたとは、警視庁も公表できない。ただ、テレビ、新聞はともかく、週刊誌にはいずれ記事が載る。ネットで情報が流れるのは時間の問題だ。

インターフォンが鳴り、壁のモニターに顔が映った。二分後、ノックの音が聞こえ、ロック解除と俊が言うと、ドアが開き、杏菜が入ってきた。

「来たのか」

退院してから、週に二、三度杏菜が訪ねてくるようになった。贖罪《しょくざい》意識のためだ、と俊もわかっていた。

プロファイリングによる犯人像の推定、それによる犯人逮捕が可能だとする玲と、ビッグデータとAIを駆使する俊は方法論が違うため、常に対立関係にあった。

杏菜は玲を尊敬し、誰よりも信頼していた。杏菜の真摯な態度に、プロファイリングを否定するより、有効に活用するべきだと俊は意見を変えた。

それが油断となり、最後まで玲の正体を見抜けなかった。結果論だが、そのために俊は四肢麻痺になった。

責任を感じた杏菜は罪を償うために俊の介助の補助を続けていた。その必要はないと何度か話したが、杏菜は首を振るだけだった。

円谷の名前がニュースに出た、と俊はテレビに目を向けた。

「ひと騒ぎ起きるだろう」

もう起きています、と杏菜がスマホをスワイプした。

「指の切断について、まだ情報は出ていませんが、よくやった、もっとやれ、頑張れ、応援する、そんなポストばかりです。円谷の誹謗中傷が非難され、犯人を称賛する者は増える一方です」

そうだろうな、と俊は頬を引きつらせた。笑っているつもりだが、筋肉がうまく動かないのはいつものことだ。

「事故で妻を亡くした夫の絶望がどれだけ深いか、ぼくには想像もつかない。だが、円谷は夫を中傷し、あざ笑った。控えめに言っても人間の屑《くず》だよ。殺した犯人を擁護する者が多いのは当然だ」

止めてください、と杏菜が首を振った。

「蒼井さんは警察官です。言っていいことと悪いことがあるでしょう」

俊は口を閉じた。本庁の売店でアイスクリームを買ってきました、と杏菜がトートバッグからレジ袋を取り出した。

「食べますか？」

ありがとう、と俊は目線を下げた。頭を下げる代わりで、杏菜もそれはわかっている。

レジ袋から取り出したアイスクリームの包装を杏菜が外した。甘いな、と俊は歯で先端を齧《かじ》った。

「練乳？　違うな、蜂蜜だ」

人間の脳は環境への適応を試みる。触覚が消失したため、それに代わる感覚が鋭敏になった。嗅覚、聴覚、そして味覚。

ひと口食べると、塩分、糖分のパーセンテージがほぼ正確にわかる。他の栄養素も同じだ。

ＦＡＩが完成したと聞きました、と杏菜が俊の顔を覗《のぞ》き込んだ。

「ＦＡＩを使って、円谷殺しの犯人を捜せないんですか？」

理論上は可能だ、と俊は言った。

「だけど、データがないと分析ができない。具体的には、犯行前後の映像だ」

「現場の荒川河川敷周辺に、防犯カメラはないそうです。映像がなければ、ＦＡＩは機能しない

……そうなんですか？」

会議でもその話が出た、と俊は言った。

「警視庁が設置している防犯カメラは約三千台、それじゃ都内全域の撮影なんて不可能だ。そうなると、ＦＡＩには何もできない」

「三万台に増やすべきだと意見を言ったそうですね。でも、それは無理でしょう？」

わかってる、と俊は舌打ちした。

「予算がないし、どんなに早くたって五年はかかる。現実的とは言えない。でも、打つ手はある」

「打つ手？」

民間の警備会社と提携するんだ、と俊は言った。

「家庭用、店舗用、会社用、ドライブレコーダー、それだけで軽く一千万台を超える。大手警備会社は二社で、シェアの八割を占めている。電気メーカーに協力を要請して、すべてのカメラをネットワークで結べばいい」

民間会社との提携は無理です、と杏菜が言った。

「捜査情報が流出する恐れがあります」

中山刑事部長もそう言っていた、と俊は片目をつぶった。

「頭の固い連中ばかりで嫌になるよ……さっきの元ゲーマーは浪岡だっけ？　彼は何歳だ？」

二十一歳です、と杏菜が答えた。

「ＰＩＴに来たのは一昨年の四月、完全なデジタルネイティブで、人間よりコンピューターの方が話が合うみたいです。あたしも彼と二人だけで話したことはありません。水無月さんなら、コミュニケーション能力が欠如していると言うでしょう」

さんはいらない、と俊は唇を結んだ。

「彼女は殺人犯だ。二十三人殺したと言っていたが、もっと多いだろう。君にとっては導師《メンター》かもしれないが――」

皮肉は止めてください、と杏菜が顔を背けた。

「何度も言いましたが、あたしの方が蒼井さんより彼女を憎んでいるんです。信頼し、尊敬していたのに、あんな酷い裏切りを……目の前に現れたら、自分でも何をするかわかりません」

何もするな、と俊は言った。

「あの女はぼくたちの想像できない地平に立っている。常識は通じないし、人間的な感情もない。下手に動けば、躊躇《ちゅうちょ》せず君を殺す。彼女を逮捕するには、何重もの罠《わな》がいる」

「罠にかかると思いますか？」

難しいだろう、と俊は苦笑を浮かべた。

「彼女は殺人の天才だ。過去のどんな猟奇殺人犯とも比べ物にならない。シリアルキラーが殺人を続ける理由は二つ、性欲とコンプレックスだ。両方ってこともあるけど、動機がわかれば逮捕は難しくない。だけど、彼女は違う。殺人そのものが目的なんだ」

「……怪物ですね」

まだ仕事中だろう、と俊は片目をつぶった。

「戻った方がいい。それとも、ヘルパーが来るまでここにいて、ぼくのおむつ姿を見ていくかい？」

止めましょう、と杏菜が顔を伏せた時、メールの着信音が鳴った。

「アクア2、新着メールを読み上げて」

不明な差出人によるメール、とスピーカーから合成音声が流れ出した。

『警告。ウイルスが混入している恐れがあります。開きますか？』

「アクア2、ウイルスをチェックして」

『走査中……走査中……メールにウイルスの脅威はありません。開きますか？』

「読み上げを始めて」

『差出人不明。件名〝親愛なる友へ〟』

続けて、と俊は言った。声が強《こわ》ばったのが自分でもわかった。

『親愛なる友へ／元気そうで安心している／君の姿を見るたび心が痛んだ』

ストップ、と俊は叫んだ。メールを送ってきたのは水無月玲だ。

『読み上げを再開しますか？』

春野、と俊は声をかけた。

「インターフォンのカメラをオンにしろ。百八十度撮影だ」

うなずいた杏菜がインターフォンのパネルを開いた。読み上げ再開、と俊は言った。

『わたしにそんなつもりがなかったのは君もわかっているはずだ／死なせるつもりはないと言ったのは覚えているね？／君は不運だった／ついていない時は誰にでもある』

撮影しています、と戻ってきた杏菜が耳元で囁いた。合成音声が続いている。

『今は君の復帰を祝福したい／FAIの開発はほぼ終わった／後は君がいなくてもできる／君は本来の自分と向き合うべきで／そのためにはPITに戻った方がいい』

『ニュースは見たね？／異常な猟奇殺人が起きた／解決できるのは君しかいないが簡単ではない／君さえよければ協力しよう』

『ヒントはこうだ／君も人を殺せばいい／殺人の悦《よろこ》びを理解すれば／自《おの》ずと犯人が見えてくる』

『近いうちに会えるだろう／楽しみにしている』

メール読み上げ終了、とアクア2が言った。春野、と俊は目を動かした。

「インターフォンの映像を再生して、マンション周辺をチェックしてくれ。彼女が映っているとは思えないが、念のためだ。アクア2、インターフォンの映像をパソコンに転送して」

胸の前のパソコンが開き、カメラの映像がそこに映った。

誰もいません、と振り向いた杏菜が首を振った。

「今のは……水無月からのメールですね?」

他に誰がいるんだ、と俊は吐き捨てた。

「だが、どうやってぼくの異動を知った? 高槻理事官が内示を伝えたのは二時間前で、ぼくも知らなかった。いったい……」

まさか、と杏菜が口を手で押さえた。

「警視庁のコンピューターに侵入したんですか?」

それはない、と俊は言った。

「彼女には厳重なファイヤーウォールを突破できるスキルがないんだ」

「でも……」

可能性は限られる、と俊は言った。

「高槻理事官のスマホかパソコンに、不正アクセスしたんだろう。中山刑事部長、総務部長、他の誰かかもしれない。彼らのメールのやり取りを盗み見て、ぼくの異動を知ったんだ」

「それこそあり得ません。この三年、水無月は警視庁本部庁舎に近づいてさえいないんですよ?」

他人のメールを読むのは難しくない、と俊は言った。

「彼女は警視庁の主だった者のメールアドレスとパスコードを知っている。パスコードを定期的に変えろと総務部はうるさく言うけど、パソコン、クレジットカード、キャッシュカード、その他のパスコードを別にしている者がどれだけいる？　九割以上が同じパスコードを使っているし、その半数は誕生日や認識番号の順番を変えたレベルだ。警視庁のセキュリティは厳重に守られているが、個人の危機意識は低い」

階級が上がれば秘密情報も増えます、と杏菜が首を振った。

「外部に漏れたら責任問題になります。異動は個人情報で、知っているのは限られた上層部の人間だけです。水無月に彼らのパスコードがわかるでしょうか？」

心理学だ、と俊は言った。

「彼女は高槻理事官や警視庁幹部の性格を知っていた。心理を読めば、パスコードになり得る数字の組み合わせを推定できる」

「まさか……」

もっと簡単な手段かもしれない、と俊は苦笑を浮かべた。

「ショルダーハックは知ってるね？　背中越しに盗み見るだけだ。水無月がＰＩＴにいた時、例えば君のパスコードを見ていたんだろう。君がメールを送った相手のアドレスを辿《たど》れば、いずれは警視総監まで繋がる」

「このタイミングで蒼井さんに連絡を取ってきたのはなぜです？　円谷を殺したのは水無月ですか？」

そうとは思えない、と俊は言った。

「円谷の写真を見た。死体の指を切り落とすのは、いかにも猟奇殺人鬼らしいけど、違和感があった。水無月の模倣犯、コピーキャットが殺したんだろう。犯人は演出面でミスをしている」

「ミス？」

水無月なら指を強調する、と俊は言った。

「なぜ切断したのか、意図を明確にしたはずだ。体の下に置くなんて、彼女なら絶対にしない……

水無月のメールには、何か狙いがある。どういうつもりだ？　何を考えてる？」

『君がわたしに代わって、殺人を続けるの』

玲の声が頭の中でプレイバックされた。

『芸術としての殺人、美としての殺人を……君はわたしの側の人間なの』

あれは誘いだった、と俊は目をつぶった。これ以上ない甘い誘惑。

玲の側に堕《お》ちれば、どうなっていただろう。二人で殺人を続けたかもしれない。子供のように、無邪気に。

あの時、一瞬闇に呑《の》まれた。だが、意志の力で闇を祓《はら》った。

あの女とは違う。殺人に悦びを感じたりはしない。

玲との会話は、誰にも話していなかった。話せば、一瞬でも自分の心が揺れたことを認めざるを得なくなる。

唾を呑む音がした。自分の喉から漏れた音だと、俊はしばらく気づかなかった。

Chapter 2 協力

1

吉川がパソコンを指さした。

「本当にこのメールの送信者は水無月なのか？」

他に考えられません、と俊は言った。一夜が明けた金曜日朝八時、ＰＩＴルームに全班員が集まっていた。

昨夕六時過ぎ、俊は玲のメールを吉川に転送し、その後リモートで話したが、送信者のアドレスを調べるのは時間がかかる。調査を担当したＳＳＢＣから連絡があったのは、翌朝の五時だった。

信じられん、と自席で川名が頭をがりがり搔《か》いた。

「あの女が姿を消してから、三年が経ってる。一体どこに隠れていたんだ？」

「わかれば苦労しません」

「不明な差出人というが、ＩＰアドレスで個人が特定できるんだろ？」

調べましたが、送信者は川名さんでした、と俊は電動車椅子を半回転させた。

「何を言ってる？　おれがこのメールを送った？」

違います、と俊は苦笑した。

「彼女はあなたのアドレスとパスコードを知っていたんです。三年前、川名さんがメールを開いている時、水無月が背後を車椅子で通っても気にしなかったでしょう？　パスコードを盗み見た彼女が川名さんになりすまして、メールを送ったんです」

「それで？」

彼女の手口はサイバー犯罪者と同じです、と俊は言った。

「複数の海外サーバーを経由し、転送を重ねていました。シンガポール、中国、メキシコ、ロシア……ブラジルまではトレースできましたが、その先は不明です。発信元《もと》は割り出せませんでした」

「何でおれなんだ？」

からかっているんだよ、と吉川が腕を組んだ。

「君なら顔を真っ赤にして怒るだろう。蒼井や春野より反応が面白いと思ったんだ」

馬鹿にしやがって、と座ったまま川名がテーブルの裏を膝で蹴った。

「あの女なら、中山刑事部長どころか、藤堂《とうどう》警視総監のアドレスやパスコードも知ってたんじゃないですか？　その方が笑えますよ」

挨拶です、と俊は言った。

「ぼくたちがＰＩＴに復帰したから、わざと川名さんのアドレスを使って、ぼくにメールを送ったんです。彼女らしい歪んだユーモア感覚ですよ」

迷惑な話だ、と川名が口の端を曲げた。俊は電動車椅子の向きを戻し、吉川に目をやった。

「班長、ＰＩＴ全班員のパスコードを変更しましょう。いずれ彼女はそれも割り出しますが、このままだと捜査情報が筒抜けになります」

そうするしかないな、と吉川がうなずいた。

「全員、パスコードを六桁から十桁に変えろ……それより、私としては時間の方が気になる」

どういう意味ですか、と手を挙げた千秋を制して、吉川が話を続けた。

「蒼井の勤務は午前九時から午後六時までだ。体調を考慮して、総務とＳＳＢＣの課長が時間を決めた。特に理由がない限り、残業は最長でも一時間、ヘルパーが来る夜七時には必ずマンションに帰る、その条件で君は働いていた」

「そうです」

だが、昨日は午後五時過ぎにここを出た、と吉川がＰＩＴルームを見回した。

「マンションに着いたのは五時十分ぐらいか？　約二十分後、春野が君のマンションに向かった。諸事情を勘案して、我々も許可している。水無月からメールが入ったのは午後五時四十二分だった」

「はい」

君はいつもより約一時間早く警視庁を出たが、と吉川が顔をしかめた。

「意図したわけじゃない。ＦＡＩの会議が何時に終わるか、私は聞いていなかった。君がＰＩＴルームに顔を出す時間も、決めていたわけじゃない。だが、水無月は君の帰宅時間、そして春野が訪れた時間を把握していたようだ。監視されていたのか？」

考えられません、と杏菜が言った。

「水無月さ……水無月は指名手配犯で、都内で動けば探知されるリスクがあります。蒼井さんのマンションは警視庁から近く、霞《かすみ》が関《せき》の合同庁舎には防犯カメラが多数設置されています。周辺に近づくことさえできないのに、蒼井さんを監視するのは不可能です」

車かもしれん、と川名が唸り声を上げた。

「蒼井は桜田《さくらだ》通りを使って帰宅するだろ？　合同庁舎や道路の防犯カメラは走行中の車両も撮影しているが、運転者が帽子やサングラスをしていたら、身元の特定はできない」

可能な場合もありますと言った俊に、確率は低い、と川名が肩をすくめた。

「あの女は馬鹿じゃない。防犯カメラを警戒しているだろうし、こっちの手の内は丸見えなんだ。監視をかわす手はいくらでもある」

確かにそうですが、と俊は口を尖らせた。

「彼女が姿を消して三年、その間にIT関連の技術は飛躍的に向上しています。大きな技術変革もあれば、細かい部分でのバージョンアップもあります。彼女はスティーブ・ジョブズじゃないし、ビッグ・テックのCEOでもありません」

「ビッグ・テック？」

いわゆるGAFAMです、と俊は言った。

「川名さんのスマホも、一、二カ月に一度、自動で設定がバージョンアップされているでしょう？　警視庁、そして周辺の合同庁舎のセキュリティも同じで、防犯カメラの設置数も増えています。でも、彼女の情報は三年前から更新されていません。セキュリティが強化されたとわかっていても、彼女にはそれを突破できるスキルがないんです。リスクがあるのに無茶をするとは思えません」

落ち着け、と吉川が声をかけた。

「何らかの手段によって、水無月が蒼井の帰宅時間を知ったのは確かだ。科捜研《かそうけん》に蒼井の部屋を調べさせよう。盗聴器や盗撮用の小型カメラが出てくれば、水無月が仕掛けたと考えていいし、そこから何かわかるかもしれない」

部屋だけではなく、マンションのエントランスやエレベーター、その他共有スペースも調べるべきです、と俊は言った。

「センサーでぼくの顔を認証するか、オートロックキーでパスコードを押さないと、部屋のドアは開きません。パスコードを設定したのはぼくで、春野を除けば知っている者はいません。ぼくが室内で倒れた場合に備え、スペアキーがありますが、管理会社の金庫に入ったままです。ぼくもキーは持っていません。ですが、宅配業者を装えば、簡単にマンションに入れます。他にも方法はあるでしょう。建物のどこかに小型カメラを設置すれば、ぼくの行動を監視できるんです」

手配する、と吉川がうなずいた。

「異常な猟奇殺人が起きた、ニュースは見たね？とメールにある。円谷殺しを示唆していると考えていいが、水無月が犯人か？」

あの女ならやりかねません、と川名が吐き捨てた。

「指を切り落とすなんて、まともな人間にはできませんよ。ただ、写真を見ただけですが、どこか雑な印象を受けました」

「雑とは？」

死体の姿が汚いんです、と川名が言った。

「水無月なら、もっと巧《うま》く細工したんじゃないですか？　自分は関川《せきかわ》元刑事の殺害現場に臨場しましたが、ホラー映画の撮影現場かと思いましたよ。部屋のドアを開けると、テーブルに関川の首が載っていて、目がこっちを見てるんです。ホチキスで瞼を留めて、大きく目を開けていたからで、水無月流の細工ですよ」

「なるほど」

円谷の死体は違います、と川名が眉をひそめた。

「雑というか、中途半端に手を加えただけに見えます。勘と言われたらそれまでですがね」

関川殺しの現場写真は未公表です、と俊は言った。

「マスコミも写真を入手していません。ただ、写真週刊誌が現場の様子を推測を含めてイラスト入りのネット記事にしました。尾鰭《おひれ》をつけた話が拡散し、犯人が死体をどう損壊し、どんなレイアウトにしたか、考察する者が大勢いたのを覚えていますか？　雑、と川名さんは指摘しましたが、ぼくもそう思います。水無月の手口を真似《まね》した者の犯行では？」

もうひとつ可能性がある、と俊は思っていた。玲が円谷を殺し、わざと死体の処理を雑にしたのかもしれない。

玲ならそこまでやりかねないが、川名でさえ死体の様子に違和感を持った。玲の自意識と美意識は適当な演出を許さないだろう。

「模倣犯か」

腕を組んだ吉川に、ディテールの詰めが甘く見えます、と俊は苦笑した。

「SNSで誹謗中傷を繰り返していた者を処刑し、罰として指をすべて切断した……ありそうな手口で、だから水無月の犯行だと考える者もいるでしょう。ですが、彼女なら指の配置、死体がどう見えるか、細心の注意を払ったはずです、最も重要な指を死体の下に置くなんてあり得ません。『美は物体にあるのではなく、物体と物体との作り出す陰翳《いんえい》のあや、明暗にある』……谷崎潤一郎《たにざきじゅんいちろう》の『陰翳礼讃《らいさん》』の有名な一節ですが、神は細部に宿る、と有名な建築家のミース・ファン・デル・

ローエも同じニュアンスの言葉を残しています。それを深く理解し、意識している彼女がこんな杜《ず》撰《さん》な処理をするとは思えません」

班長代理は豊かな教養をお持ちだ、と皮肉を言った川名を無視して、円谷を殺したのは関川事件の現場を知らない人間です、と俊は言った。

「曖昧な情報を元に、こんな感じだろう、と水無月の犯行を再現した。だから、雑であり杜撰なんです。上っ面を真似ただけで、水無月と円谷殺しの犯人との間に、直接的な関係はないと思います。もうひとつ、彼女のメールからは挑発の意図が感じられます」

「どういう意味だ？」

わたしには犯人がわかっている、と俊は声を僅《わず》かに高くした。

「でも、蒼井くんは？　あなたに逮捕できる？　ご自慢のビッグデータとＡＩに犯人を割り出せるの？　水無月はぼくを挑発しているんです。ぼくと彼女は事件へのアプローチが違っていました。彼女はプロファイラーで、ビッグデータとＡＩによる捜査に否定的でした。あなたには円谷殺しを解決できない……そんなメッセージが含まれている気がします」

お前らしくないな、と川名が唇の端を吊《つ》り上げて笑った。

「感じられます、気がします……そういう表現を嫌ってただろ？　科学的に事象を解析すればどんな事件でも解決できると大口を叩いていたのを忘れたのか？」

ぼくは彼女の正体に最後まで気づきませんでした、と俊は言った。

「論理的にあり得ない、と考えていたからです。足が不自由で、車椅子がなければ移動もできない彼女が人を殺せるはずがない、そんな先入観がありました。でも、川名さんは彼女を疑っていました。そうですね？」

何かが引っかかって、と川名がこめかみを指で叩いた。

「頭の中で非常ベルが鳴ったんだ。理由も根拠もないが、嫌な臭いを嗅いだんだよ」

それは直感であり、勘です、と俊は言った。

「大泉さん、原さん、春野……濃淡はありますが、全員が彼女に違和感を持っていました。間抜けな話ですが、わからなかったのはぼくだけです。どれだけＡＩが進歩しても、人間の勘の方が正しい場合もある……復帰してから、そう考えるようになりました」

気味が悪いな、と川名が鼻をこすった。

「悟ったようなことを言いやがって、調子が狂うじゃないか……いいだろう、水無月であれ模倣犯であれ、必ず逮捕する。現場にはおれが行き、情報をすべて伝えるから、お前はＡＩで捜査しろ。役割分担ってことだ」

水無月は円谷殺しのキーパーソンになり得る、と吉川が全員の顔を順に見た。

「彼女は指名手配中だが、所在は不明なままだ。関川と谷村《たにむら》殺しの捜査本部は解散し、特命捜査対策室五係が継続捜査をしているが、進展はない。だが、蒼井にメールを送ってきたことで、局面が変わった。徹底的に調べろ」

もちろんです、と俊は答えた。玲との決着をつける時が迫っている予感があった。

2

吉川と千秋がＳＳＢＣの会議に出るため、ＰＩＴルームを後にした。現場に行く、と川名が二人に続いた。

ぼくたちはここで捜査をする、と俊は言った。うなずいた浪岡がパソコンの画面を俊と杏菜に向け、現場は荒川河川敷です、とマップを開いた。

「住所は東京都足立区、円谷の死体が発見されたのはここです」

地図の中央に荒川が流れ、上は足立区西洗井町《にしあらいちょう》、御手洗橋《みたらいばし》を挟んで、下は千住基町《せんじゅもとまち》だ。浪岡がタッチペンで御手洗野球場周辺に丸をつけた。

「六月十四日水曜の朝六時頃、犬の散歩をしていた主婦がバックネット裏の林で死体を発見、警察に通報しました」

続けて、と俊は促した。この辺りは西洗井緑地帯と呼ばれているので、浪岡がタッチペンで画面を軽く叩いた。

「以下、それに準じます。野球場の営業時間は朝七時から午後六時までで、西洗井緑地帯には街灯が二つしかありません。陽が落ちたら、辺りは真っ暗になります。前日の十三日は少年野球の練習試合があり、ほとんどの少年は林の近くに自転車を停めていましたが、死体を見た者はいません」

「その後、誰も近づかなかった？」

さあ、と浪岡が首を振った。

「野球場には防犯カメラがありませんし、ＰＩＴは現場に臨場しないので、そこはわかりません」

夜間に出入りする者はいないそうです、と浪岡がまたタッチペンで画面を叩いた。

「いるとすればカップル、あるいは不良グループぐらいでしょう。ですが、死体を見つけたら、誰であれ通報すると思います」

「円谷が殺された時間は？」

火曜の夜十時から翌水曜深夜二時前後です、と杏菜が答えた。

「死因は出血性ショック死。刺された部位は腹部二ヵ所。浪岡くん、マップを拡大して……死体が発見されたのは林の中央、大きな杉の木の根元です。殺害したのは別の場所で、犯人は西洗井緑地帯に死体を運んでから、両手の指を切断したようだと鑑識から報告がありました。残っていた出血量が少なかったので、間違いないと思いますね」

「車で死体を運んだのか？」

他に方法はありません、と浪岡がタッチペンで画面に線を引いた。

「野球場の脇に細い道があります。犯人は車をここに停めて、トランクから引きずり出した死体を背負い、林に入ったんでしょう。死体が発見された杉の木までは約百五十メートルです」

御手洗橋に防犯カメラはないのかと尋ねた俊に、ありません、と浪岡が首を振った。

「西洗井北交差点、橋を渡った千住桜《さくら》庭《ば》交差点には設置されていますが……現場に最も近い防犯カメラはその二台です」

犯人は円谷を別の場所で刺殺し、死体を西洗井緑地帯に車で運んだ、と俊は地図を見つめた。

他にあるのは細い道ばかりだ。西洗井側、もしくは千住基町側から尾岳《おたけ》通りを通ったと考えていい。

二つの交差点の防犯カメラを調べよう、と俊は言った。

「火曜午後十時から四時間分の映像をＦＡＩでサーチする」

八時間分ですよ、と浪岡が首を傾げた。

「映像を調べれば、犯人の車がわかるんですか？」

おそらくね、と俊は言った。

「どこで円谷を殺したにせよ、犯人は死体を車に積み、西洗井緑地帯に向かった。夜になれば誰もいなくなるのは、事前に調べていたんだろう。御手洗橋を渡るルートは二つだけで、どちらかの交差点を通らざるを得ない」

尾岳通りを通過した車は四時間で千台以上ですよ、と浪岡が両手を頭の後ろで組んだ。

「どうやってその中から犯人の車を見つけるんですか?」

不自然な動きをした車を探せばいい、と俊は言った。

「いいか、犯人は尾岳通りを南下、もしくは北上して西洗井緑地帯に向かった。林の手前で車を停め、トランクから引きずり出した死体を背負って百五十メートル進み、林に死体を捨てた。だが、犯人はまず周りに誰かいないか、確認しなければならなかった。十本の指を切断し、死体の姿勢を整える必要もあった。それに要した時間は十五分から三十分ほどと考えていい」

「そうでしょうね」

「君の仕事は火曜の午後十時から深夜二時まで、西洗井北交差点と千住桜庭交差点を走っていた車両をすべてピックアップすることだ。十五分から三十分以内に、再びいずれかの交差点を通過した車両と照合しろ。一度消えて、再び現れた車を探すんだ」

簡単に言いますけど、と浪岡は首を捻《ひね》った。

「そこまで防犯カメラの性能は良くありません。夜ですし、条件は悪いですよ」

FAIは今まで君が使っていたシステムと違う、と俊は言った。

「捜索や検知に特化している。車体の一部、数センチでも映っていれば、自動車メーカーのカタログと自動で照合し、車種や年式を割り出せる。捜索範囲、犯行時間、いずれも限定されている。数分で照合は終わる」

どうですかね、と苦笑した浪岡がキーボードに指を置いた。

犯人は死体を川に投げ込んでもよかった、と俊は杏菜に目を向けた。

「その方が早いし、楽でもある。でも、それでは意味がない。犯人は死体の指を切断し、うつぶせにした。それは土下座で、つまり謝罪のポーズだ。死体そのものが犯人のメッセージなんだ」

どうかしてます、と唇を強く結んだ杏菜に、オリジナリティに欠ける、と俊は言った。

「水無月なら、もっと違うやり方をしただろう。彼女の影響があったのは確かだが、物真似の域を出ない……例のメールに返信したか？」

蒼井さんの指示通り、と杏菜がタブレットを向けた。

「返信すると、誰に送ってるんだ、と川名さんからメールが来ました。ＳＳＢＣによると、メールが川名さんのアドレスでストップする設定になっていました」

駄目でもともとだからね、と俊は苦笑した。

「少し知識があれば、設定は誰でもできる。彼女は海外の複数のサーバーを経由してメールを送った。サーバー同士の繋がりに脆弱《ぜいじやく》な部分があれば、そこから調べられると思ったんだが……仕方ない、別の手を考えよう」

水無月はあたしが送ったメールを読んでいます、と杏菜が声を低くした。

「何だって？」

水無月班長へ、とタイトルに書きました、と杏菜がタブレットを開いた。

「メールを送ったのはあなただとわかっている、という意味です。そして、円谷殺しの捜査資料を添付しました」

どうかしてるぞ、と俊は杏菜を睨みつけた。

「彼女にこっちの手の内を明かすなんて――」

添付ファイルの中は空っぽです、と杏菜が微笑《ほほえ》んだ。

「初動捜査を担当した足立南署が提出した報告書の表紙だけをコピーして、入れておきました。日付、戒名こそ記載がありますが、それだけです。だから送ったんです」

彼女に小細工は通じないと言った俊に、それでも開かざるを得なかったでしょう、と杏菜が笑みを濃くした。

「メールを送ってきたのは本当に水無月か、それを確かめるべきだと思ったんです」

彼女しかいないと眉をひそめた俊に、蒼井さんが入院していた間、と杏菜がタブレットに目をやった。

「水無月玲による殺人に関するニュースがどれだけメディアやネットで流れたか、リアルにはわかってませんよね?」

それどころじゃなかった、と俊は目線を下に向けた。

「こっちは手も足も動かない。最初の半年は、自分で食べ物を呑み込むことさえできなかったんだ。今だって、ほとんどがミキサー食だ。彼女のニュースや資料に目を通したのは復帰してからで、リアルタイムの反応は知らない」

殺人鬼にプロファイリングを任せていた警視庁へのバッシングがどれほど酷かったか、と杏菜がタブレットを閉じた。

「警察庁長官、警視総監の更迭、刑事部長や関連部署のトップが辞職し、戒告、減給その他処分を受けた者は五十人以上いました。水無月は現職の警部で、彼女のプロファイリングによって解決された事件も多く、本の出版、講演会、コメンテーター、さまざまな活動をしていたため、ある意味では日本で最も有名な警察官だったんです」

「そうだな」

「彼女の正体が連続猟奇殺人犯だとわかり、テレビ、新聞での検証、雑誌の特集、そしてネットでの警察批判は今も続いています。水無月玲の逮捕は警視庁にとって絶対の義務ですが、彼女は完全に姿を消しました。ネットでは百人以上の水無月玲がアカウントを持ち、警視庁をあざ笑うコメントを毎日のようにアップしています。彼女の名前でＹｏｕＴｕｂｅチャンネルを開設している者もいるんです」

「頭の悪い奴が多すぎる」

彼ら彼女らは水無月玲を研究し、リスペクトしています、と杏菜が言った。

「警察マニアは常に一定数いますし、猟奇殺人犯や未解決事件の考察サイトは数え切れません。水無月玲は医師で、心理学者で、カウンセラーで、警察官でした。これだけの経歴を持つシリアルキラーは、世界でも珍しいでしょう。しかも、逮捕されていません。水無月玲こそ神だと讃《たた》える者もいるほどで、科捜研も模倣犯が出る可能性を指摘しています。彼女の心理をなぞり、同調できる能力を持つ者なら、水無月玲の名を騙《かた》ってメールを送れるでしょう」

参ったな、と俊は片目をつぶった。添付したファイルにロックをかけました、と杏菜が言った。

「開くには彼女の警察官としての認識番号が必要です。部外者にはわからない情報で、偽の水無月には開けません。ＬＩＮＥと同じで、開くと既読がつくように設定しています。今朝確認すると、ロックが解除されていました。メールを送ったのは間違いなく水無月本人です」

「それで？」

彼女にはあたしの狙いが伝わったでしょう、と杏菜が言った。

「あの添付ファイルは本人証明と同じで、今後もコンタクトを取ってくるはずです」

次からは事前に話してくれ、と俊は唇を尖らせた。

「勝手なことをするな。警察は組織で動く。常識じゃないか」

すみません、と杏菜が頭を下げた時、不審車両ヒット、と浪岡が手を挙げた。

3

パソコン上の地図を浪岡が拡大した。

「該当時間内に現場周辺を走行していた全車両をチェックしました。トータル千百三十九台、予想より多くて参りましたよ」

君の仕事は条件入力だけだ、と俊は言った。

「後はＦＡＩが検索する。負担にはならない」

ＦＡＩがこれを見つけました、と浪岡が映像を指さした。

タクシーですね、と杏菜が言った。グリーンの車体の屋根に、シン日本《にほん》Ｔａｘｉと社名表示灯が載っていた。

浪岡が画面を四分割した。

「左上は正面、右上は進行方向右側、左下は逆側、右下は後方の防犯カメラ映像です。ナンバーに泥がついているので、最後の９しか読めませんでした」

意図的に汚しているんでしょう、と杏菜が言った。

「前、後ろ、どちらのナンバーも末尾の９しか見えないのは不自然です。正面からの映像に、迎車の赤ランプがついていますが、末尾が9のナンバーのタクシーが犯行時刻前後に現場付近を走っていたか、シン日本Ｔａｘｉ本社に問い合わせます」

待て、と俊は言った。

「まず確認しよう。浪岡、このタクシーが通ったルートはわかるか？」

浪岡がＦＡＩに車両情報を入力すると、パソコンの画面に台東区入谷《いりや》周辺の地図が映し出された。

タクシーは入谷駅前を抜け、三ノ輪《みのわ》を通過し、千住大橋《せんじゅおおはし》を渡っていた。

「事件当夜の映像です。足立区の住宅街を走っているので、防犯カメラに映っていません……待ってください。千住の北吏大学《ほくり》の近くで撮影されています。千住桜庭交差点を通過、時間は深夜二時七分。その後、二時四十九分に西洗井北交差点を左折、本弘《もとひろ》一丁目を右折して、首都高速の高架下に潜り、その後は映っていません。こんなところでタクシーが四十二分間停まっているなんて、考えられませんよ。犯人はタクシーの運転手ですか？」

「車種は？　クラウンか？」

「そうです。シン日本Ｔａｘｉの標準タイプです」

おかしい、と俊はつぶやいた。タクシーの運転手が円谷殺しの犯人なら、営業車を使うはずがない。

「浪岡、車体を二五パーセント拡大。車のボディ、屋根の社名表示灯を確認。ぼくのパソコンにも映像を転送してくれ」

浪岡がキーを何度か押すと、俊のパソコンにタクシーのボディが映し出された。

写真ソフト、と俊が指示すると、アクア2が背景を消し、タクシーだけを切り取った。三百六十度撮影と命じると、オートでカメラがタクシーの車体を一周した。

「ストップ」

映像が停止した。春野、と俊は視線を右に向けた。

「見てくれ。後部座席のドアだ」

ドアと窓の間で、何かが揺れていた。ビニールでしょうか、と杏菜が画面に顔を近づけた。

「いえ……フィルムです。セダンのボディに貼ったフィルムが、剝がれているようです」

社名表示灯、と俊は言った。画面がタクシーの屋根の画像に切り替わった。

間違いない、と俊はまばたきを繰り返した。

「これはシン日本Ｔａｘｉの営業車じゃない。３Ｄプリンターで形をコピーし、塗装したんだろう。よくできているが、簡単に取り外せるように溶接していない。犯人はシン日本Ｔａｘｉの車体を撮影してフィルムに転写し、緑とオレンジのペンキで塗った。クラウンは盗難車だろう。円谷の死体を遺棄してから、首都高速の高架下でフィルムを剝がし、社名表示灯を外せば、その辺を走っているクラウンと同じになる。車を乗り捨て、徒歩、あるいは準備していた別の車で逃げたのかもしれない」

直近一週間の車両盗難届を調べてくれ、と俊は言った。浪岡がデスクの電話に手をかけ、話し始めた。

運転席のバイザーが下りています、と杏菜がパソコンにボールペンを当てた。

「これでは運転者の顔がわかりません。手が見えないのは、ハンドルの下を握っているからですか？」

いずれこのクラウンは見つかる、と俊は苦笑を浮かべた。

「だが、指紋どころか、車内を徹底的にクリーニングし、ガソリンを撒《ま》いているだろう。その場合、指紋、体液、足跡は検出できない。他にも痕跡を消す手段はある。バイザーを下ろしているのは顔を隠すためだ。この映像だと、身長や体格はわからない」

水無月かもしれませんと言った杏菜に、PITルームで彼女と一番親しかったのは君だ、と俊は目線を上げた。

「顔や体のシルエットは覚えているだろう？　運転しているのは彼女か？」

何とも言えません、と杏菜が首を振った。

「映っているのは肩だけです。他はハンドルの陰になってますし、映像が暗いので判断がつきません。ＦＡＩで解析できませんか？」

この映像では無理だ、と俊は言った。

「画角が狭すぎる。補正しても、光量不足はどうにもならない」

十四日夜八時、品川区でクラウンの盗難届が出ています、と浪岡が手を上げた。

「年式は平成二十四年、車種はクラウンロイヤルサルーン、防犯カメラに映っていた車と同じです。所有者は平川幸一《ひらかわこういち》、会社から帰宅後、マンションの駐車場で自分の車が盗まれたと気づき、警察に通報しています」

「駐車場にカメラは？」

設置されていません、と浪岡が言った。

「盗まれた時間は不明ですが、前日十三日の夜と思われます。マンションの住所は品川区善願寺《ぜんがんじ》三丁目。高輪《たかなわ》通りが近いので、犯人はそこから区外に出たのでは？」

推定は予断に繋がる、と俊は鋭い声で言った。

「まず確認だ。善願寺付近の国道の防犯カメラに映像が残っているはずだ。盗まれた車のナンバーをＦＡＩで検索して、当該車両を探せ」

浪岡がナンバーを入力したが、二分後、ｅｒｒｏｒの表示が出た。

ナンバーを付け替えたか、と俊は唇を強く噛《か》んだ。その時、ＰＩＴルームの内線が鳴った。

4

受話器を取った杏菜が、吉川班長ですと言った。

俊はパソコンに向かって左右の目を交互に閉じ、そして開いた。ヘッドレストに内蔵されているスピーカーから、吉川の声が流れ出した。

「蒼井です」

面倒な事態が起きた、と吉川の強ばった声が聞こえた。

「今、本部庁舎六階の会議室にいる。今朝、警視庁にＵＳＢが郵便で届いた。同封された手紙に、警察庁と検察庁にもＵＳＢを送ったと書いてあった。確認したが、どちらも届いていた」

「ＵＳＢの中に何が？」

書類ファイルだ、と吉川が言った。

「君たちのパソコンに封筒の写真、そして書類ファイルを送った。見てくれ」

新着メール、と俊は言った。パソコンの画面が切り替わった。

「アクア2、メールを開いて」

席に戻った杏菜と浪岡がパソコンに目をやった。封筒が画面に映っていた。

「この黒い部分は何です？」

俊の問いに、長形3号の封筒の下三分の二が黒のマジックで塗りつぶされている、と吉川が答えた。

「警視庁、警察庁、検察庁の住所はシールで貼ってあった。いずれも総務担当者宛て、切手の部分を含め、上部三分の一はそのままだ。消印は埼玉県朝霞《あさか》市、郵便局に問い合わせたところ、二日前の午後、朝霞駅近くのポストから集荷したのを局員が覚えていた。変な封筒があると局員は上司に伝えたが、切手も貼ってあるし、法律違反でもないので、そのまま送ったと話している。総務からSSBCに届いたのは二十分ほど前だ」

また画面が切り替わり、テキストが浮かび上がった。

「これは？　ほとんど黒塗りですが……」

ご担当者様、と文頭に記されているが、次の行から七行目まで、文章の上から太いマジックで線が引いてあった。何が書いてあるかは不明だ。

八行目に、佐、とひと文字あったが、そこから九行目の終わりまで、また黒塗りが続いている。そして十行目の文頭に、本件に関し、と五文字があった。

「『本件に関し』……黒塗り『山』……黒塗り『の罪は重く』……黒塗り『国民の信頼を損ねた責任を取るべき』……そこから先はすべて線が引いてありますね。いや、十三行目に『誘拐』とありますが、後は紙そのものが真っ黒です」

三日前、六月十三日の午後五時頃、世田谷区上馬《かみうま》の女性から世田谷東署に電話があった、と吉川が言った。

「前日夜から夫が帰宅していない、連絡も取れないという相談の電話だ。夫の名前は佐山広寿《さやまひろとし》」

「佐山広寿？　青森市の職員へのパワハラで参議院議員を辞職したあの男ですか？」

佐山のパワハラは酷かった、と吉川が鼻を鳴らした。

「以前からタクシー運転手への罵声やクラブのママへのセクハラが暴露されていたが、それでも一年以上参議院議員の椅子に居座っていた。だが、佐山の罵声に耐え切れず、青森市の職員が自殺したため、辞めざるを得なくなった」

「ニュースで見ました。今もネットで叩かれ続けていますね。佐山を誘拐した、とUSBを送った者は暗に示しているようですが……」

パワハラ事件より前に、と杏菜が眉をひそめた。

「民自党《みんじ》の裏金作りのキーパーソンとして名前が挙がり、国会で証言を求められましたよね？　でも、佐山は関連資料をすべて黒塗りで提出しました。その後も記憶にない、覚えていないと繰り返すだけで、説明を拒み続けました。マスコミやネットでさんざん非難を浴びたにもかかわらず、森《もり》下《した》総理がかばい続け、辞職を免れていたんです。結局、パワハラが明るみに出て辞めましたが、次の参院選には出馬する、と周囲に話しているそうです」

よっぽど神経が図太いんだな、と俊はまばたきをした。

「説明責任を果たさないなら、国会議員の資格はない。国民全体への裏切りだ。パワハラでは自殺者も出ている。恨む者は多いだろう」

ＵＳＢを送り付けてきたのは佐山を誘拐した犯人の可能性が高い、と吉川が言った。

「だが、何ら要求はないし、佐山の生死も不明だ。十二日の午後五時頃、佐山は世田谷の自宅を出て、タクシーで赤坂《あかさか》に向かった。高校の友人と会う、と妻には話していた。月に二、三度、民自党関係者や支援者と会っていたようだ」

「それで？」

佐山は夜十時に帰宅する予定だった、と吉川が空咳をした。

「十時半過ぎ、遅くなるから先に寝てくれとLINEがあり、妻はそのままベッドに入った。佐山は六十四歳だ。少し帰りが遅いからって、心配するような歳《とし》じゃない」

「そうですね」

「ところが、朝になっても佐山は帰宅しなかった。LINEを送ると既読がつくし、もうすぐ帰る、と昼前にLINEがあった。午後になって妻は電話をかけたが、佐山は出なかった。夕方、三度目にかけた時、電源が切れていたため、警察に相談したんだ」

「なるほど」

世田谷東署も佐山の事情は知っている、と吉川が言った。

「ネットで調べれば、佐山の自宅住所、個人情報、家族の情報が出てくる。パワハラが報道された直後には、突撃系YouTuberが佐山の自宅前から生中継をしたぐらいだ。佐山には成人した息子が二人いるが、どちらも実家を出ている。普通なら、夫が帰ってこないと妻から相談されても、少し様子を見ましょうとなるが、辞めたとはいえ元国会議員だ。世田谷東署が捜査を始めたが、それは警視庁にも連絡が来ていた。対応を検討していたところに、USBが届いたってわけだ」

「ぼくに何をしろと?」

パソコンに地図が浮かび上がった。赤坂見附《あかさかみつけ》駅に近いドラッグストアに赤のチェックがついていた。

「佐山がタクシーを降りたのはこの辺りだ。誰かと待ち合わせていたようだった、と運転手は話している。ドライブレコーダーにスマホを耳に当てた佐山の姿が映っていたが、映像はそこまでだ」

「赤坂見附駅ですよ？　それなら――」

駅周辺には防犯カメラが山ほど設置されている、と吉川が言った。

「だが、佐山がタクシーを降りたのは夕方六時前で、人通りが多かった。濃紺のブレザー、グレーのスラックス、ワイシャツに青いネクタイ姿で、どこにでもいるサラリーマンにしか見えないから、防犯カメラでは識別不能だ。ただ、彼には大きな特徴がある」

「何です？」

背が低いんだ、と吉川が言った。

「一五五センチで、かなりの痩せ型だ。服装もわかっている。FAIなら捜せるだろう。駅ビルや周辺の店舗に防犯カメラ映像の提供を要請したから、浪岡に調べさせろ。君はすぐこっちに来てくれ」

吉川が通話を切った。浪岡、と俊は声をかけた。

「話はわかったな？　FAIで佐山を見つけろ。春野、本部庁舎に行く。一緒に来てくれ」

うなずいた杏菜がタブレットを抱えた。本部庁舎六階会議室、という俊の声に反応し、アクア2が前に進んだ。

5

エレベーターで一階に上がり、エントランスに向かうと、電話が鳴った。

『発信者不明。電話に出ますか？』

ストップ、と俊は命じた。アクア2がエントランスの手前で停まった。

「発信者不明？」

『発信者不明。電話に出ますか？』

アクア2が繰り返した。不安そうな表情を浮かべた杏菜に目配せして、電話、と俊は言った。

久しぶり、という女の低い声が聞こえた。

「……水無月さん？」

声は忘れないでしょう、と玲が言った。

「元気そうね。心配していたのよ」

「出頭してください」

君の欠点は愛想がないところ、と玲が笑った。

「世間話ぐらいしなさい。社会人としての常識よ」

「今、どこにいるんです？」

ここではないどこか、と玲が答えた。その声に、かすかなノイズが被っていた。

「あなたは殺人犯です。警察官に連絡を取る指名手配犯なんて、聞いたことがありませんよ」

君を刺したのはやむを得なかった、と玲が声のトーンを落とした。

「刑法三十七条、緊急避難は知ってるわね？　逮捕されたら、わたしにとって不利益な状況になる。補充性の原則が成立するから、君を刺すしかなかった。殺すつもりがなかったのは、あの時も伝えたはず」

「避難行為では、生じた害がそのために被害を受ける者より低いこと、つまり法益権衡《ほうえきけんこう》の原則を満たす必要があります。ぼくは四肢麻痺になったんですよ？　緊急避難が認められるわけないでしょう」

あれはアクシデント、と玲が言った。

「わたしが刺したのは、逃走の妨げになるからで、わざと急所を外した。ひと月前後入院したかもしれないけど、警察官ならそれぐらいのリスクはやむを得ない。でも、結果として、君は頸髄損傷による四肢麻痺に陥った。わたしも責任を感じている。だから、あなたにメールを送った」

「昨日のメールですね？」

わたしにとって友人は君だけ、と玲が言った。

「分かち合える者だけを友と呼ぶ、そう言ったのはプラトン？　アリストテレス？『走れメロス』は読んだことがあるでしょう？　友人を助け、協力するのは義務ではなく権利よ。わたしは君に借りがある。償いたい」

「償う？」

一昨日、頭の悪いＹｏｕＴｕｂｅｒが殺された、と玲が言った。

「承認欲求の塊が誹謗中傷を繰り返せば、いずれは報いを受ける。これだけネットリテラシーが厳しい時代になれば、裁判で負けるのは当たり前だし、罰を受けるのは必然よ。刑罰は法律が決める し、そこに口を出すつもりはない。でも、刑罰が軽すぎると考える者もいる」

「しかし――」

それは間違っている、と玲が話を続けた。

「社会正義のためと声高に叫ぶ者は、自分の正義に酔っているだけ。自分が神と考え、全能感を得た者の行き着く先は地獄しかない。罪を裁くのは裁判官の仕事よ」

「あなたにそれを言う資格はありません」

円谷殺しの犯人はわたしのコピーキャット、と玲が言った。

「殺人を芸術と考え、作品にしようと試みた。でも、才能がない者は優秀な贋作者《がんさくしゃ》にしかなれない。

そして、わたしや君にとって、贋作者ほど腹立たしい存在はない」

「一緒にしないでください」

「犯人は被害者と面識がない。警察はその種の事件捜査を苦手にしている。想像力がないからだと言ったのはシャーロック・ホームズだけど、その指摘は正しい。だから、犯人は捕まらない」

「そんなことはありません。必ず逮捕します」

　君ならできるでしょう、と玲がうなずく気配がした。

「ビッグデータ、ＡＩ、そしてＦＡＩ。多くの武器を持ち、警視庁という大組織がバックにいる。でも、君は現場に臨場できない。段差があるだけで、その車椅子は動かなくなる。自分の目で確認しなければ、想像力は働かない……いずれ、君は犯人を逮捕する。でも、それには時間がかかる。その間に、成功体験に酔った犯人は次の殺人を犯すでしょう」

「……可能性はあります」

　犯罪者は経験によって学習する、と玲が言った。

「贋作者でも、何十枚、何百枚と描いていれば、限りなく本物に近づく。そうなったら、君の手には負えない。数時間前から、ネットに水無月玲の名前が出ているけど、あなたは気づいた？」

「いいえ」

　いい迷惑よ、と玲がうんざりしたような声を上げた。

「変に突《つっ》かれたくない。早く犯人を逮捕しなさい。でも、そのためにはわたしの助けがいる」

「猟奇殺人犯にアドバイスを求めろと？」

　困った時は口笛を吹いて、と玲が笑い声を上げた。

「頭の中で吹けば、わたしにはその音が聞こえる。わたしが君の闇を照らす……今から元参議院議員誘拐事件の捜査会議ね？　ＦＡＩを有効活用しなさい。また連絡する」

通話が切れた。杏菜がエントランスを透かすように外を見た。

「どうして……水無月は蒼井さんの動きを知っているんですか？」

ドアを開けてくれ、と俊は言った。苦い何かが胸に広がっていた。

Chapter 3 プロファイリング

1

警視庁本部庁舎六階の会議室に入った俊と杏菜に、高槻、捜査一課長の長谷部《はせべ》、三係長の横川《よこかわ》が視線を向けた。

三人の背後にアクリル製の巨大スクリーンがあり、そこに赤坂見附駅周辺の航空写真地図が映っている。その奥で、ＳＳＢＣの担当者二十人が次々に手を挙げていた。

時系列で佐山を追っている、と高槻が言った。

「佐山がタクシーを降りた正確な時間が判明した。十二日午後五時四十二分だ。地図を拡大しろ……佐山の自宅は世田谷区役所の近くで、世田谷通りから国道２４６号に入り、その後首都高速を使って霞が関出口で降り、六本木通りを経由して再び国道２４６号に戻り、赤坂見附駅前のドラッグストア近くで降りた」

高槻がパソコンのキーボードに触れると、スーツを着た小柄な男がスクリーンに映し出された。

自宅を出たのは五時過ぎ、と高槻が説明を続けた。

「道路状況がスムーズなら三十分ほどで着くが、この時間、都心は混雑するから早めに出たんだろう。青森の高校の友人と六時に会うと佐山は妻に話していたが、二十分ほど前に着いたようだ」

スマホを手にした佐山が左右に目をやり、ドラッグストアと隣の居酒屋の間の細い道に入った。

あの路地は何ですかと尋ねた俊に、通称七《なな》つ木《ぎ》横丁、と高槻がスクリーンを指さした。

「安い呑み屋が軒を連ねている。佐山は六十四歳だ。昔から通っていた店があったんじゃないか？友人とそこで待ち合わせていたが、早く着いたから店で待とうと考えた……よくある話だ」

「防犯カメラは？」

あるわけないだろう、と高槻がスクリーンの画像を切り替えた。

「三係の刑事が現場で撮影した映像だ。狭い通りの左右に、十軒ずつ呑み屋が並んでいる。新宿西口の思《おも》い出《で》横丁とよく似ているな。真ん中に共同トイレが二つ設置されていた。二十軒の店の客や従業員が使うが、通行人が使用することもある」

「はい」

「佐山は店に入る前にトイレに行き、そこで誘拐されたようだ。周辺ビルその他の防犯カメラ映像を調べたが、佐山は映っていなかった。犯人がトランクもしくはスーツケースに佐山の体を押し込み、運び去った可能性が高い」

その間も、スクリーンの画像が目まぐるしく変わり続けていた。佐山の顔写真を使って、ＡＩが画像検索をしているが、当てはまる人物は見つからなかった。

以前から佐山には問題が多かった、と高槻が顔をしかめた。

「十五年前に初当選した直後には、愛人との密会を報道されたし、公職選挙法違反疑惑もあった。

んだろう」

昔からパワハラ気質は有名で、青森市の職員の間では、佐山対策会議が定期的に開かれていたそうだ。そして、ついに自殺者が出た。辞職しても、死んだ者は帰らない。許せないと考え、誘拐したんだろう」

SNSでは佐山への大バッシングが続いている、と高槻が腕を組んだ。

「総務副大臣に任命した森下総理の責任を追及する声も上がっている。例の裏金疑惑でも、関連資料を黒塗りにしたのは森下総理の指示という噂《うわさ》が根強い。民自党内部からも批判の声が上がっているほどだ。誘拐したのは、裏金について一切説明しない佐山への怒りのためかもしれない」

入電、と横川三係長が目の前の固定電話をスピーカーホンに切り替えた。三係の鵜方《うかた》です、と野太い声が流れ出した。

「七つ木横丁共同トイレの床で、鑑識が少量の血痕を発見しました。簡易測定したところ、血液型はB型、床に付着したのは三十時間以上前です。佐山はB型で、殴打され、倒れた際に鼻血が出たんじゃないですかね？」

「他には？」

現着《げんちゃく》したのは三十分前です、と鵜方が苦笑した。

「共同トイレを封鎖、徹底的に調べましたが、佐山が姿を消したのは十二日の午後六時前後、既に四日近く経っています。今日までにトイレを使用した人数は百人以上でしょう。足跡その他は特定不能です。佐山の血痕だけでは、何もわかりません」

「目撃者は？」

ここには呑み屋しかないんです、と鵜方が言った。

「まだ午前十一時で、どこも閉まってますよ。しかし、犯人が人前で佐山を誘拐したとは思えません。どの店に入るつもりだったか、それも不明です。入店前にトイレへ行ったとすれば、目撃者は出ないでしょう」

鵜方、と長谷部が呼びかけた。

「他の係からも応援を出す。これは単なる誘拐事件じゃない。中山刑事部長からも早期解決を厳命されている。警視庁、警察庁どころか政治マターだ。何としても犯人を逮捕し、佐山を無事に保護、救出するんだ。捜査本部を西赤坂署に設置した。本部長は横川くんだ。情報収集を急げ」

了解です、と鵜方が電話を切った。佐山と会う約束をしていた友人ですが、と俊は言った。

「見つかったんですか？」

まだだ、と高槻が眉間に皺を寄せた。

「高校の同級生に片っ端から連絡を入れたが、確認が取れない者が五十人以上いる。それとも、佐山が妻に嘘をついたのか？　過去には不倫だ愛人だ買春だと、女性関係のスキャンダルは数え切れない。女と会うはずだったが、そこを狙われたのか？」

高槻の問いに、わかりません、と俊は片目をつぶった。

「六十四歳でも、女性にだらしない男はいくらでもいます。ただ、佐山は政界への復帰を考えていました。女性絡みのスキャンダルは命取りで、迂闊《うかつ》な真似はしなかったんじゃないですか？　飲みの誘いに応じたのは、よく知っている相手だったからでしょう。佐山のスマホを調べれば、通話記録、メール、ＬＩＮＥ、いずれかに連絡の履歴が残っているはずです。そこから犯人に繋がる何かがわかると思いますね」

俊はスクリーンに目を向けた。八分割された画面の中で、赤坂見附駅周辺すべての防犯カメラ映像が凄《すさ》まじいスピードで入れ替わっていた。

2

水無月から連絡があったことを、と杏菜がエレベーターのボタンを押した。

「高槻理事官に伝えないんですか？」

話したところでどうにもならない、と俊は苦笑した。

「佐山を誘拐したのは水無月じゃない。野党や世論の批判や辞任要求があっても、森下総理がかばい続けたのは、佐山が民自党の裏金作りの責任者だったからだ。事実無根と強弁し、裏金に関する資料をすべて黒塗りにして佐山は逃げ切ったが、疑惑は今も消えていない。誘拐犯に自白しろと脅されたら、佐山は何でも話すだろう。場合によっては森下総理の責任が追及され、火消しに失敗すれば政権交代もあり得る」

「わかります」

「それを阻止するには、誘拐犯の逮捕が絶対条件となる。迷惑系ＹｏｕＴｕｂｅｒ殺しの捜査なんてどうでもいい、それが警視庁の本音さ。水無月の捜索に人員を割く余裕はないと言われるだけで、話しても意味がないから、報告しなかったんだ」

エレベーターの扉が開き、杏菜が後ろから電動車椅子を押して箱の中に入った。数メートル以内なら、手動の方が速い。

「どうして水無月は連絡してきたんですか？」

杏菜の問いに、彼女は何かを知っている、と俊は言った。

「気づいている、と言った方がいいかもしれない。データ分析に関してはぼくの方が上だけど、事件の解析能力は彼女の方が遥《はる》かに優秀だ。水無月は犯罪者心理をプロファイリングできるからね」

「はい」

「佐山について、ぼくはほとんど情報を持っていない。でも、彼女は違う。前から調べていた可能性もある。スタートラインが違うんだから、彼女が先行するのは当然だが、優位性を誇示するために連絡してきたとは思えない。何のためだったのか……」

エレベーターが一階に着いた。ＰＩＴルームに戻ろう、と俊は言った。

「浪岡が新しいデータを見つけたかも――」

『川名刑事から入電。電話に出ますか？』

ヘッドレストのスピーカーから合成音声が流れ出した。電話、と俊は言った。

「蒼井か？　今、どこにいる？」

川名が低い声で言った。警視庁本部庁舎エントランスです、と俊は答えた。

「何かありましたか？」

円谷の件だが、と川名が話し始めた。

「犯人は周到に準備をしていたようだ。鑑識と話したが、現場に痕跡が一切なかった。ゲソコンもだ」

ゲソコンは警察の隠語で、足跡を指す。室内、室外で犯人が移動すれば、必ず足跡が残る。

犯人は円谷の死体を車のトランクから出し、林へ運んだ。距離は約百五十メートル、成人男性の歩幅は平均七十センチだから、単純計算で二百十歩、往復で四百二十歩移動したことになる。

「犯人が林の中を歩いたのは確かです。どうやって足跡を消したんですか？」

消していない、と川名が言った。

「逆だ。現場の写真を見たが、これでもかっていうぐらい、さまざまな靴跡が残っていた。複数の靴を用意し、車と死体の間を何往復もしたんだろう。同じところを何度も歩いて足跡を重ね、歩幅や体重を判別不能にした。誰でもできるが、ここまで徹底しているのは珍しい」

「そうですか」

「一刻も早く死体から離れたい、と犯人は考える。それが犯罪者心理だ……殺人の前科があるのかもしれんな。誰だって死体は怖い。現場に長く留《とど》まれば、発見、逮捕のリスクが高くなるだけだ。まともな神経の持ち主なら、足跡を消す前に逃げる」

まともじゃないんでしょう、と俊は言った。

「円谷はネットリテラシーのかけらもない、最低の男でした。犯人の動機は懲罰で、卑劣な嫌がらせによって多くの人を傷つけてきた者への天誅《てんちゅう》です。犯人にとって円谷殺しは正義の裁きだったんです」

「歪んだ正義感だな」

「犯人像も推定可能です。体格が良く、力が強い成人男性、身長一八〇センチ以上、スポーツの経験があるでしょう。年齢は二十歳から四十歳前後。そうでなければ、体力が保《も》ちません。殺人もしくはそれに近い前科があるのは、ぼくも同意見です」

「死体を前に、落ち着いて足跡を消せる奴なんてめったにいないぞ。暴力団か半グレかもしれんな」

それは犯人像と矛盾します、と俊は言った。

「暴力団員、半グレ、いずれも社会正義の概念は希薄です。そんな人間が円谷を殺害したとは思えません。誹謗中傷への警告として指を切り落とし、謝罪のポーズまで取らせているのもイメージと違います」

「よっぽど円谷に腹を立てていたんだろう」

そんなわけないでしょう、と俊は苦笑した。

「車をタクシーに偽装する暴力団や半グレがいますか？　衝動的に円谷を殺したわけじゃありません。計画的な犯行です」

「そうとも思えん。大柄で屈強な粗暴犯が、死体に演出を加えるか？」

体格と性格は互いに影響し合います、と俊は言った。

「それは心理学者や精神分析医が証明しています。もちろん、小柄で腕力のない粗暴犯もいます。逆に、大柄で体格のいい知能犯もね。ですが、この事件は違います。犯人が水無月の影響下にあるのは間違いありません」

付き合い切れん、と川名が電話を切った。

警察官の可能性もあります、と杏菜が囁いた。いい線かもしれない、と俊は杏菜に目を向けた。

「だが、警察官は全国で約二十五万人、警視庁には四万三千人以上いる。二十代から四十代に絞っても二万人前後、犯人を特定するには多すぎる」

そうでしょうか、と杏菜が首を傾げた。

「現役の警察官による犯行ではないと思います。彼らには犯行に費やす時間がありません。非番であっても、公休日でも、基本的に警察官は定時連絡の義務があります」

「例外はいくらでもある」

「円谷を拉致した犯人は別の場所で殺害、死体を車に載せて移動、西洗井緑地帯で死体を百五十メートル運び、指を切断した後、謝罪のポーズを取らせました。車を盗んだ時間を含めれば一日仕事です。準備にはそれ以上の時間がかかったはずで、現役の警察官には難しいでしょう」

「退職警察官が犯人ってことか？」

人数はそれほど多くありません、と杏菜がうなずいた。

「犯人は二十歳から四十歳前後の男性ですね？　でも、二十代の警察官はほとんどが交番もしくは所轄署勤務で、殺人事件の臨場経験はありません。三十歳以上で、本庁か方面本部の刑事部で勤務経験があり、殺人事件の捜査本部に加わったことがある警察官に限定してもいいのでは？　優秀でなければ、そのポジションには上がれません」

「確かにそうだ」

「十年前に辞めた警察官が、いきなり殺人鬼になるはずがありません。階級は巡査部長以上、退職時期は一年ないし二年前とすれば、該当者は十人ほどでしょう。調べるのは簡単です」

君こそ優秀な警察官だ、と俊は苦笑した。

「戻ろう。退職警察官のリストを調べるんだ」

杏菜がエントランスの自動ドアに向かった。ＰＩＴルームと俊が囁くと、アクア２が動き出した。

3

犯人の足取りが摑《つか》めない、とＰＩＴルームで吉川がモニターの地図を指さした。

「浪岡が見つけたクラウンは西洗井の首都高速道路の高架下に停められていた。品川区で盗まれた平川幸一の車だ。言っておくが、平川にはアリバイがあるし、事件とは関係ない」

「犯人の映像は？」

俊の問いに、あるわけないでしょう、と浪岡が口をへの字にした。

「高架下に防犯カメラを設置してどうなるって言うんです？　首都高は東西に延びていて、東側は三キロ先、西側は七キロ先の交差点まで、カメラに映らずに移動できます。犯人はクラウンを乗り捨て、徒歩で逃げたんでしょう」

「それが一番安全なルートだ」

「どこかで道を逸れ、足立区または荒川区に入ったと思いますね。死体を遺棄したのは深夜で、闇に紛れて逃げるのは簡単です。どっちへ向かったのかもわからないのに、捜せるはずないと――」

それはいいが、吉川が手で制した。

「蒼井、水無月は電話で何を話したんだ？」

ＰＩＴルームに戻った時、俊は玲から電話があった、と吉川に報告していた。

捜査に協力したいと言ってました、と俊はまばたきをした。

「ぼくへの贖罪意識があるそうです。どこまで本当かわかりませんが」

連続猟奇殺人犯の手を借りるわけにはいかない、と吉川が肩をすくめた。

「無視しろ。警視庁の面子《メンツ》にかかわる。逆探知は？」

アクア２に逆探知機能はありません、と俊は答えた。

「録音した音声データは吉川班長のパソコンに送りました」

再生、と俊が命じると、やや湿った玲の声が流れ出した。殊勝なことを言ってるが、と吉川が皮肉な笑みを浮かべた。

「君に借りがある？　償いたい？　人殺しが何を言っても、信じられるわけないだろう」

ぼくも信じていませんが、と俊は言った。

「彼女が円谷殺しの犯人に苛立《いらだ》っているのは確かです」

才能がない者は、と千秋がメモに目をやった。

「『優秀な贋作者にしかなれない。そして、わたしや君にとって、贋作者ほど腹立たしい存在はない』水無月はそう言ってますね」

円谷殺しの犯人は自分の模倣犯だと彼女は考えている、と俊は言った。

「もっと悪いかもしれない。下手な物真似ってことだ。巧ければまだ許せるけれど、素人が馬鹿なことをしている、と怒っているようだった」

猟奇殺人犯のプライドか、と吉川が頭を掻いた。

「有名なアメリカのシリアルキラー、テッド・バンディはIQ124を誇り、裁判では国選弁護人を解雇し、自分で自分の弁護を行なった。大学での専攻は心理学だが、逮捕後、獄中で法律を学び、弁護士以上の知識を持っていたという話もある。水無月は医師で心理学者、プロファイラーとしても第一人者だ。プライドの高さはバンディ並みかそれ以上だろう」

しかし、とPITルームに戻っていた川名が手を挙げた。

「犯人逮捕に協力する、そんな言葉を鵜呑《うの》みにはできませんよ。あの女の腹の中は、真っ黒どころか真っ暗です。何が入っているのか、見当もつきません。PITルームで席を並べていた時から、何かおかしい、と引っかかるものがありました。息をするように嘘をつく女です。我々を利用するつもりでしょう」

「利用?」

「犯人の心理を分析するために情報を渡せ、と言い出すんじゃないですか? しかし、水無月が姿を現せば、その場で逮捕されます。メールなり何なりを通じてってことになるでしょう。そうやって警視庁のパソコンにアクセスし、自分への捜査がどこまで進んでいるか、それを調べるつもりでは？　情報を握ったあの女は無敵です。どうやっても逮捕できませんよ」

水無月は警察の捜査手法に精通しています、と俊は川名に体を向けた。

「捜査の進捗状況ぐらい、彼女は把握していますよ。しかも、捜査に進展はありません。渡せる情報はないんです。水無月は完璧に姿を隠しています。情報を探るメリットはありません」

待て、と吉川が間に入った。

「君たちの意見はともかく、警視庁が殺人犯の力を借りるわけにはいかない。こっちにも意地があるし、上だって許可しない。ただ、円谷殺しの犯人が水無月の影響を受けているのは確かで、ＰＩＴにも捜査の許可が出た。そして、水無月の言葉にヒントがある可能性は高い。それを無視するつもりはない」

ヒント、と首を傾げた千秋に、成功体験に酔った犯人は次の殺人を犯す、と吉川が言った。

「どういう思惑が犯人にあるのかは何とも言えない。だが、円谷を殺し、逃げ切っている。警察も手掛かりを摑んでいない。それは犯人が水無月の手法を徹底的に研究したからだろう」

「そうかもしれません」

「成功した犯人は、全能感を味わっているはずだ。しかし、麻薬と同じで、長くは続かない。シリアルキラーは必ず第二の殺人に手を染めるが、今日明日ってことはないだろう。今は準備期間で、例えば車を盗み、ナンバーを付け替えているんじゃないか？　その予兆を見逃さなければ、犯人を逮捕できる」

範囲が広すぎますよ、と川名が横を向いた。

「国内の車両盗難事件は年間で約二千五百台、都内に絞っても三百台以上でしょう。神奈川、埼玉、千葉、北関東まで含めると五百台前後、一日一台ないし二台ってことになります。他県で盗んだ車を犯行に用いるとすれば、対象は更に増えます。すべてを追いかけるのは無理ですよ」

最初から諦めていたんじゃ話にならない、と吉川が微笑を浮かべた。

「君はもう一度平川のクラウンが盗まれた現場を調べ直してくれ。目撃者が出るかもしれない。犯人はその車でアジトに移動したはずだ。公道上でナンバープレートを付け替えるわけにはいかないから、盗んだ直後はそのまま走っただろう。浪岡、君も協力しろ。二人で探せば、必ず見つかる」

やってみます、と浪岡がうなずいた。蒼井、と吉川が机を叩いた。

「君は春野と組んで、盗難後のクラウンの動きを追ってくれ。根崎くんは水無月の電話を調べろ」

蒼井さんのアクア2に逆探知用の機材をセットします、と千秋が席を立った。

試しても損はない、と俊は窓に目を向けた。

4

帰宅したのは五時半だった。昼から五時間近くかけて、俊はクラウンの行方を追ったが、平川のマンションを出て白金《しろかね》方面に向かったのがわかっただけで、他に収穫はなかった。

部屋に入り、俊はパソコンを立ち上げた。港区の地図と命じると、画面に数枚の地図が浮かんだ。

平川のクラウンは善願寺から魚籃坂《ぎょらんざか》を通り、白金一丁目に入ったところまでは追えたが、桜田通りを越えて右折すると防犯カメラがないため、その先は不明だった。

白金一丁目は高級住宅街で、一戸建てはもちろんだが、マンションの住人も防犯意識が高い。家庭用防犯カメラを設置している家も多く、そこには平川のクラウンが映っているはずだ。

だが、家庭用防犯カメラを管理しているのは民間の警備会社で、映像の提供を依頼しても、プライバシー侵害と断られるだろう。

そして、高級住宅街にも枝道、脇道がある。細い道に入れば、ナンバープレートを付け替える犯人の姿は映らない。犯人もそれはわかっているだろう。

「エイプリル、ストリートビューに切り替えて」

俊の声に部屋のテレビがつき、大画面に白金一丁目の風景が映った。

(犯人は白金一丁目から明治《めいじ》通りを越え、麻布十番《あざぶじゅうばん》に入った)

俊は犯人の思考をトレースした。

麻布十番には坂が多い。アップダウンがあると、防犯カメラは車影を捉えにくい。犯人もそれを計算していたはずだ。

ストリートビューで近隣の道を調べたが、どこを通ったかは特定できなかった。

小さくため息をついて、俊はパソコンに目を向けた。

円谷が殺されたのは十三日の夜十時から深夜二時、平川が車の盗難被害届を出したのは翌日の夜八時だ。

平川は十四日の午前八時すぎに部屋を出たが、駐車場で自分の車を見ていない。そのため、犯人がクラウンを盗んだ時間は特定できなかったが、おそらく十三日の日没後ではないか。

犯人は防犯カメラ画像による個別車両認識の欠点を知っていた。ＡＩが車両を検索する認識ポイントはナンバープレートで、付け替えれば見分けがつかない。

平川が購入したのは二年前だ。目立つ特徴のないクラウンを見つけるのは、ＦＡＩでも難しかった。

『春野刑事から入電。出ますか？』

アクア2の声に、出る、と俊は言った。蒼井くん、と女性の声がした。

「スプーフィングは知ってるわね？　なりすまし電話よ。番号が同じでも、春野からの電話とは限らない」

俊は目を開け、水無月さん、と呼びかけた。

「この電話は逆探知されています。あなたの現在位置をSSBCが探知し、すぐに特定します」

玲が笑った。俊も苦笑を浮かべるしかなかった。玲にはったりは通じない。

スプーフィングはインターネット上で音声を通信するIP電話を利用して番号を偽装する手法だ。特殊詐欺犯が使用することで知られている。

アクア2は番号によって送信者を特定するが、スプーフィングで通知番号を変更できる。玲は杏菜の番号を使って電話をかけていた。

今後はすべての電話を逆探知しますと言った俊に、それは無理ね、と玲がまた笑った。

「あなたには一日数十件の着信がある。誰が発信元を調べるの？　どちらにしても、逆探知に意味はない。ランダムに転送を繰り返しているから、わたしがどこにいるかは探知できない」

「世間話なら、今度ゆっくり聞きます。こう見えて、ぼくは忙しいんです」

わたしと話す方がメリットは大きい、と玲が言った。

「あなたには相談相手が必要よ。吉川班長、そしてPITの班員と話しても答えは出ない。あなたが何を疑問に思っているか、彼らにはそれすらわからない。犯人を逮捕するには、わたしと話すべきよ」

いいでしょう、と俊は片目をつぶった。

「何を話したいんですか？」

円谷殺しの犯人について、と玲が声を低くした。

「わたしは犯人の気取った正義感に苛立っている。正義のヒーローのつもり？　本質は単なる人殺しで、犯人にはその自覚がない。だから余計に醜い」

「あなたと同じです」

わたしは違う、と玲が言った。

「正義のために、人を殺したりはしない。わたしにとって、殺人は芸術よ。それ以上でも以下でもない……円谷を殺すのは勝手だけど、犯人は自分の正義に酔っている。承認欲求を満足させるための殺人ね。わたしはそういう連中にうんざりしている。あなたもそうでしょう？」

まさか、と俊は唇を曲げた。

「水無月さん、つまらない議論は止めませんか？　あなたは一ミリの良心も道徳心もない殺人鬼です。自分の美学だけを信じ、ひとりよがりの思想で何十人もの人間を殺しています。汚い、醜いというなら、鏡で自分を見てはどうです？　醜悪な化け物が映っていますよ。それに気づかないあなたには同情しかありません」

あなたには言葉以外に武器がない、と玲が憐《あわ》れむように言った。

「挑発しかできない無力な存在よ。そして、わたしが挑発に乗らないと知っている。虚しくならない？　ただ、わたしも責任を感じている。だから、あなたに協力したい。プロファイリングを聞くつもりはある？」

参考にします、と俊は言った。

「犯人像について、どう考えてるんです？」

成人男性なのは言うまでもない、と玲が話し始めた。

「死体を担いで運べるのは男性と考えていい。運転免許を持ち、年齢は二十歳以上四十歳未満。会社勤めだとしても非正規社員ね。社会からの評価が低い、と強い不満を心に宿している。格差社会が生んだ悲しきモンスターよ」

「それぐらいなら、ぼくにもわかります」

彼は計画を練り、準備にも時間を費やした、と玲が先を続けた。

「小人閑居《しょうじんかんきょ》して不善をなす、と言うでしょう？　暇を持て余していたから、馬鹿なことを考えつき、殺人を実行したの」

「なるほど」

「良く言えば計画性がある男で、その意味では頭も悪くない。学歴は大学卒もしくは中退。成績も悪くなかったはず。土地勘があったのは、東京生まれ、東京育ちだから。学校もすべて都内ね」

「他には？」

犯行に使用したクラウンが発売されたのは平成二十四年の秋、と玲が言った。

「年間の販売台数は約二万一千台。クラスがいくつか分かれていて、盗まれたクラウンは全国で約四千台よ。都内を走っているのは五、六百台でしょう。カラーバリエーションは四色だけど、犯人としては白でなければならなかった」

「タクシーに偽装するには、白の方が簡単ですからね」

「どこでも走っている車じゃない。大衆車と高級車で区分すれば、間違いなく高級車よ」

「世間のイメージはそうです」

「高級車を所有する者には、経済的な余裕がある。一戸建てに住むオーナーなら、庭の駐車場に停めるし、そこに防犯カメラを設置する。マンション住まいでも事情は変わらない。犯人は品川のマンションの駐車場でクラウンを盗んだけど、善願寺周辺だと防犯カメラがない方が珍しい。でも、犯人はそれを探し当てた。品川周辺に土地勘がある者と考えていい」

「クラウン盗難はマスコミも記事にしていません。どこで情報を得たんです？」

被害者本人がFacebookで騒いでいる、と玲が喉の奥で笑った。

「マンションの駐車場からぼくのクラウンが盗まれた、警察に届け出たけど何もしてくれない。見かけたら連絡をください……あなたも平川のFacebookぐらい見ておいた方がいい」

ご忠告に感謝します、と俊は舌打ちした。Facebookまでは考えが及ばなかった。この辺りは玲の方が一枚上手《うわて》だ。

つまり犯人は港区付近で暮らしている、と玲が言った。

「港区は千代田区、中央区、新宿区、江東区、品川区、渋谷区に隣接している。その七区のいずれかに住んでいると考えていいけど、いずれも家賃が高いから、定職がない男にとっては厳しい。実家暮らしの可能性が高いわね」

「そうかもしれません」

「実家の隣のマンションに白のクラウンがあった、そんな偶然は考えにくい。広範囲にわたって探したはずで、それなら徒歩ではなく車、もしくはオートバイを使ったでしょう。クラウンを見つけると、オーナーの平川を尾行して、行動パターンを調べた。犯人にはそれだけの執着心があった。自分の正義を実現するためなら、労を厭《いと》わない男よ」

「はい」

「昔流に言えば、クレッチマー分類の粘着質に当たる。いわゆる闘士型で、筋骨型、筋肉質。シェルドンの類型論によれば中胚葉型《ちゅうはいようけい》、身体緊張型で、活動的な性格、自己主張が強い特徴がある。わたしのプロファイリングと近いでしょう？」

「エネルギーに満ち、頑固で物事に執着するモラリスト……確かに似てますね」

「FAIに犯人の年齢、体型を条件入力すればいい。港区及び隣接する区を検索すれば、ある程度絞り込める。急がないと、また殺人が起きる。わたしのプロファイリングはそんなところ。もっと精度を上げるには情報がいる。あなたの考えを聞かせて」

インターフォンが鳴り、ロック解除、と俊は言った。春野ね、と玲が囁いた。

「彼女があなたの部屋に来るようになって、どれぐらい経つ？　一年弱？　贖罪意識だけじゃない、とあなたも気づいているはず」

「関係ないでしょう……ぼくの考えを聞きたいなら答えますが、犯人は円谷を殺害した際、痕跡を一切残していません。それはあなたの殺人を研究したからです。単なる贋作者、模倣犯じゃない。コピーであっても、アレンジによってはオリジナルを超えることはあり得ます」

それはない、と玲が突き放すように言った。

「コピーはあくまでもコピーで、オリジナル以上にはならない。スーパーリアリズムの超精密画も、写真の情報量には及ばない。技術は向上するけど、それだけよ。最低の猿真似ね」

「自信満々ですね」

彼が熱心に学んだのは認めてもいい、と玲が笑った。

「そんな男が一人や二人を殺すだけで満足すると思う？　殺人には抗し難い力がある。その要素を無視するなら、あなたには逮捕できない」

「何が言いたいんです？」

三日ね、と玲が低い声で言った。

「三日以内に次の殺人が起きる。犯人の動機は彼自身の歪んだ正義感よ。天罰を下しているつもりなの。犯人の心を探れば、次のターゲットの目星がつく」

「あなたにはわかると？　もったいぶらずに教えてください」

「確実なことしかわたしは言わない。それは知ってるでしょう？」

部屋のドアが開き、杏菜が入ってきた。気配を察したのか、玲が通話を切った。

「どうしたんです？」

俊の前に回った杏菜が顔を覗き込んだ。喉が渇いた、と俊は言った。

「水無月から電話があった」

「逆探知は？」

君の番号を使ってかけてきたんだ、と俊は伸びてきたチューブをくわえた。

「なりすまし電話だよ。君の番号だから、出るしかなかった。一度出てしまうと、逆探知の指示はできない。逆探知の合図なんて、アクア2に登録していないよ」

「なぜ、彼女は蒼井さんに連絡を？」

ぼくをからかう意図があったのは確かだ、と俊は答えた。

「それぐらい、声でわかるさ。君には真相がわからない、自分の方が犯人に迫っている、と言いたかったんだろう。ただ、暇つぶしで電話をかけてきたわけじゃなさそうだ。犯人像のプロファイリングは的確だった。犯人は偏執的な性格で、計画性がある男だ。おそらく、次に殺すターゲットのリストを作っている」

「そのリストに従って殺人を続けるんですか？」

水無月はそう考えている、と俊は唇を噛んだ。

「犯人はいわゆる無敵の人だ。奴には失うものがない。自分の正義に酔い、それを貫くための手段が殺人なんだ。今夜、もうひとつ死体が見つかっても不思議じゃない」

「でも、犯人のリストに誰が載っているかはわかりません。次に誰を殺すかわかれば手を打てますが——」

年齢から推測すると犯人の情報源はネットだ、と俊はパソコンに目を向けた。

「新聞やテレビのニュースなんか、見てもいないだろう。正義の使徒だから、自分の感情だけで他人を罰することはできない。奴の判断基準はネット民の声だ。大勢が非難しているから、殺すのは正義だ……多くの者が憤り、不満を抱いた事件を探せばいい。ただし、犯罪とは限らない。法に触れていなくても、道義的な責任を取らなければならないケースも含まれる。この一年……いや、三年前に遡って、ネットニュースを調べよう」

「SNSの運営元やネット関連の調査会社にも協力を依頼しますか？」

「頼む」

うなずいた杏菜が部屋を出て行った。

吉川班長に電話、と俊は呼びかけた。パソコンの画面に番号が浮かんだ。

Chapter 4 第二の殺人

1

どこまで調べればいいんですか、とパソコン画面の中で浪岡が顔をしかめた。

玲からの電話があった一時間後、吉川の了解を得て、俊は緊急のリモート会議を開いた。吉川、川名、杏菜、浪岡、そして千秋が六分割された画面に映っていた。

SNSと蒼井さんは簡単に言いますけど、と浪岡がキーボードを何度か叩いた。

「XやInstagramだけじゃありません。FacebookやTikTok、YouTubeもSNSですし、LINEについては言うまでもないですよね？ Flickr、Pinterest、Snapchat、招待制のSNSもあります。炎上といっても小さなものから大炎上まで、規模や期間はさまざまだし、基準もないのに数値化するのは難しいですよ。どうしろって言うんです？」

基準はある、と俊は言った。

「日本で利用者が多いSNSはLINE、YouTube、Xの順だ。それにInstagram、

Facebook、TikTokが続くけど、自分の意見を発信する場としてはXの占める割合が圧倒的に多い」

「そうですけど……」

「一時間以内に、SSBCから過去三年間のXに関するデータが順次届く。リポスト数や検索ワードの頻出度によるものだ。君は数字を集計して、明日の朝までに上位五十件のリストを作ってくれ」

「何万件あると思ってるんです？　過労死しますよ」

そこまでの量じゃない、と俊は片目をつぶった。

「SSBCに入力条件を伝えてある。法律、あるいは道徳に反した罪に対し、罰が軽すぎると非難の声が集中した案件だ。ただし、SSBCのAIにできるのはリポスト数と検索ワード数の計算だけで、炎上にも濃淡がある」

「その判断が難しいと言ってるんです」

犯人にはルールがある、と俊は説明を続けた。

「奴は世論の代弁者で、正義の名の下に制裁を加えているつもりだ。だから、大炎上した者だけがターゲットになる。自分の判断に自信がないんだ。確かに、どこからが大炎上か、その基準はない。でも、常識で考えればその辺はわかる。見極めが難しいものは報告してくれ。全員で精査する」

「犯人はネットの声に従って人を殺すんですか？」

SNSには毒がある、と俊はまばたきをした。

「利用する者の無意識の悪意だ。誰もが不満を抱えている。苛立ったり、腹が立ったり、怒ったり、君たちも覚えがあるだろ？　フラストレーションを解消する手段はいくらでもある。だけど、心のどこかに消えない不満が残る。その吐け口がＳＮＳだ」

「そういう側面はあります」

最初は単なるつぶやきかもしれない、と俊は言った。

「だけど、同意する者が増え、一定数を超えると、悪意が前面に出てくる。攻撃のために攻撃し、溺れている犬をどこまでも叩き続ける。自分の不平不満を社会正義に置き換え、自分だけが正しいと信じ込んだ者たちが炎上を引き起こす」

「はい」

「中には行動に出る者もいる。ヘイト発言に煽られて外国人に暴行を加えたり、ホームレスに火をつけたり、そんな事件もあった。円谷殺しの犯人はその一人だ」

「どうかしてますね」

だからこそ怖い、と俊は目を逸らした。

「みんなが言ってるから正しい、有名なインフルエンサーがポストした、だからわたしもリポストする……ある意味、ヘイト発言を繰り返す連中に悪気はない。自分が正しいと信じ込んでいるからで、そういう連中は異論を受け付けない。要するに、頭が悪いんだ」

蒼井さん、と杏菜が画面の中で首を振った。言いすぎたかもしれないが、と俊は話を続けた。

「円谷殺しの犯人は無意識の悪意が作り上げたモンスターだ。でも、本人はそう思っていない。一人でいる時は、どこにでもいる優しい男だ。ただ、奴は心の奥底に不平不満を溜《た》め込んでいた。それが妄想に変わり、水無月の起こした事件や猟奇殺人の資料を調べるようになった」

わからなくもありません、と千秋が声を低くした。支配されていた男が支配する側に回ろうとした、と俊は言った。

「奴は円谷を殺したが、逮捕されなかった。それが追い風になり、今では自分を全能の神だと思っているだろう。自分を神だと信じるためには、力を行使するしかない。だが、奴には判断力がない。頼りになるのはネットの声だ」

嫌な話だ、と川名が吐き捨てた。

「責任を取りたくないんだな。逮捕されても、ぼくのせいじゃない、ネット民が殺せと言った、そんな言い訳をするんだろう」

ネット民が総攻撃した者がターゲットになる、と吉川が言った。

「総務省のレポートによれば、『炎上』はウェブ上の特定の対象に対して批判が殺到し、収まりがつかない状況を指す。著名人や企業だけではなく、一般人のつぶやきでも炎上は起きる。炎上対策を専門に取り扱う会社に分析を依頼したが、回答が来るのは早くても明日の夜だろう。それじゃ遅い」

メール着信、とアクア2が言った。

「SSBCからです。件名〝炎上データａ〟」

俊は顔を上げ、パソコンに目をやった。SSBCから次々にデータが届いていた。

異常なスピードで数字が積み上がり、順位も変動している。過去三年分のデータなので、炎上が長期にわたる案件ほど数字が増えていた。

リストには一般人と有名人が混在していた。円谷は一般人だが、芸能人やスポーツ選手、政治家もリストに入るだろう。全員の警護など、できるはずもない。

ただ、警告はできる。狙われているとわかれば、誰でも自衛するだろう。

それは犯人にとって想定外の事態だ。どれだけ綿密な計画を立てていても、未遂に終わる可能性が高くなる。

次の殺人を未然に防ぎ、犯人を逮捕できると俊は考えていたが、不安もあった。

（円谷が最初の犠牲者ではなかったとしたら）

死体が発見されていないだけで、既に一人、あるいはそれ以上が殺害されているかもしれない。

（犯人は誰を狙っている？）

俊はパソコン画面を睨んだ。数字の列が激しく動いていた。

2

約三時間後の夜九時半、円谷を殺した現場がわかった、と川名から電話が入った。

「六月十三日、事件当日の円谷の足取りを追っていた。午前十一時、奴は東池袋《いけぶくろ》のアパートを出て、昼でも飲める居酒屋に入ったが、約四時間後、スマホに着信があった。発信位置は銀座《ぎんざ》の白松屋《しろまつや》百貨店付近で、飛ばしの携帯だった。周辺店舗の防犯カメラをチェックしたが、人が多すぎて何もわからなかった」

「それで？」

俊はヘッドレストに後頭部を押し付けた。円谷は居酒屋で電話に出た、と川名が言った。

「店の防犯カメラに映っていた。映像をそっちに送るが、にやにや笑っていたよ」

「何を話していたのかはわからないでしょう？」

刑事をなめるな、と川名が苦笑した。

「おれたちは足で捜査する。居酒屋の店員に聞いたが、新聞社から取材の申し込みがあり、紙面に写真が載ると自慢していたそうだ。三十万円の罰金刑を食らったが、円谷としては痛くも痒《かゆ》くもなかっただろう。奴が誹謗中傷を繰り返していたのは世間の注目を集めるためで、悪名でも構わなかった。裁判の過程で、奴のＹｏｕＴｕｂｅチャンネルの登録者数が爆発的に増えたのは知ってるな？」

「もちろんです」

「最初は好き勝手にほざいていたが、次第にトーンダウンして、反省してます、許してくださいと土下座までした。罰金で済んだのは反省が認められたからで、おれに言わせりゃ裁判官は世間知らずのボンボンだよ。円谷に騙《だま》されたんだな」

「そうかもしれません」

「判決後、円谷はいくつかのメディアの取材を受けたが、バリューがなくなって、このひと月ほどはＹｏｕＴｕｂｅで無実だ冤罪《えんざい》だと喚《わめ》いていただけだ。登録者数も激減している。それもあって、取材の申し込みに舞い上がったんだろう。今から記者に会うと言って、居酒屋を出たそうだ」

「午後三時頃ですね？　その後は？」

徒歩でＪＲ池袋駅に向かい、山手線の五反田《ごたんだ》駅で降りた、と川名が言った。

「構内の防犯カメラに映っていた。改札を出た一分後に着信があったが、犯人は円谷が五反田で降りる時間を計算していたんだな。池袋から五反田までは二十二分、検索すれば何時何分に着くかわかる」

「はい」

「通話記録によれば、午後三時三十四分だった。ここからは推測だが、スタジオまで来てほしい、と新聞記者を装った犯人が場所を教えたんじゃないか？　結論から言うと、円谷が殺された場所は西五反田二丁目のトランクルームだった。犯人はその近くで円谷に声をかけ、スタジオへ案内するふりをして何らかの手段で拘束し、トランクルームに押し込んだんだろう」

「円谷が殺されたのはその日の夜十時から翌深夜二時前後です。殺害時刻が十時だとして、六時間も拘束していたんですか?」

「犯人にも事情があったんだろう。刺し殺せば、返り血を浴びる。誰かと会う予定があっても、血の付いたシャツを着て行くわけにはいかない」

「目撃者は? 今、ストリートビューで見ていますが、周辺には雑居ビルが多いですね。コンビニや店舗、喫茶店や呑み屋もあります。人通りは少ないようですが、円谷と犯人を見た者がいてもおかしくないと――」

トランクルームはひとつじゃない、と川名が言った。

「通りの奥に、二階建てのトランクルームが五つ並んでいる。路地を一歩入れば、外からは見えない。スタンガンで意識を飛ばし、結束バンドで手足を縛れば円谷も抵抗できない。犯人はトランクルーム内で円谷を殺した。ビニールシートを敷いていたのか、床に血痕は残っていなかったが、壁に血の染みが飛んでいた。ALS(科学捜査用ライト)で照らして、ようやくわかるほど薄い血痕で、犯人も気づかなかったんだろう」

「科学捜査に感謝ですね」

「深夜まで待ち、円谷の死体を大型のスーツケースに入れ、盗んだクラウンで西洗井緑地帯に運び、指を切断してから死体に謝罪のポーズを取らせたんだ。メールを送ったから、確認しろ」

川名さんのメールを開いて、と俊は言った。パソコンに浮かんだメールに、添付ファイルがあった。

それを開くと、解像度の低い動画が流れ出した。スマホを片手に、円谷が居酒屋の店員と話していた。

お前も知っての通り、と川名が先を続けた。

「犯人は円谷の死体を遺棄した後、高速道路の高架下にクラウンを停め、徒歩で逃走した。わかったのはそれぐらいだが、そっちはどうだ？」

リモート会議でも話しましたが、犯人のターゲットは明白です、と俊は言った。

「歪んだ正義感を持ち、承認欲求に飢えた男です。ターゲットになるのは犯した罪より罰が軽い者で、SNSで炎上騒ぎが起き、世間から強く非難された者が対象となります。今、過去三年分のデータを調べているところです」

「大炎上した者はいくらでもいる。絞り込むのは難しいんじゃないか？」

犯人にとってもそれは同じです、と俊は言った。

「間違いなく、犯人はターゲットになり得る人物のリストを作っています。異様なほどねじ曲がった正義感の持ち主で、円谷殺しに成功した今、次のターゲットを虎視眈々《たんたん》と狙っているでしょう。奴が動く前に見つけないと、また殺人が起きます」

もうひとつ、と俊はまばたきをした。

「死体損壊は毎年百件単位で起きていますが、演出の意図があるケースは稀《まれ》です。犯人は水無月に学んだと考えていいでしょう。最低の猿真似、と彼女は言ってましたが」

「あの女と話したのか？」

電話がありました、と俊は言った。

「捜査に協力したいと繰り返し、有益なアドバイスもありました。彼女の言葉から、犯人が次の殺人の準備を進めている、あるいは既に殺している可能性をぼくは考えました」

「そうか」

「犯人にとっては一人殺すのも十人殺すのも同じで、社会に害をなす者を次々に殺すつもりでしょう。ターゲットを絞り込めれば警告できます。危険度の高い者には警察の監視をつけ、不審な者が現れたら職務質問をかけて――」

俊は口を閉じ、パソコンを見つめた。どうした、と川名の声が聞こえたが、答えられなかった。

『インプレッション数／二億七千万回／ワード／佐山広寿』

SNSの調査会社の分析結果が出ていた。他にも多くの人名が並んでいるが、比較すると倍近い数字だ。

調査会社が分析を始めてから、二時間ほどしか経っていない。すべてのデータを調べたわけではないだろうが、佐山広寿が大炎上の対象になっているのは確かだ。

「川名さん、佐山広寿の行方は？」

知らん、と川名が吐き捨てた。

「足取りは不明だと聞いてる。捜査会議では、佐山が自分の意志で姿を消した可能性を検討しているようだが、再来週の日曜、奴は大学時代の友人とゴルフの約束をしていた。ゴルフ場の予約を取ったのは佐山本人だ。誘拐でなきゃ何なんだ？」

「犯人からの連絡は？」

何もない、と川名がため息をついた。

「佐山の家には刑事が張り付き、電話、メール、スマホ、すべてチェックしているが、どこからも連絡はないそうだ。佐山がどうしたって言うんだ？」

後で説明しますとだけ言って、俊は通話をオフにした。待っていたように、杏菜の顔がパソコン画面に映った。

「ＳＳＢＣの担当者から連絡がありました。過去三年、さまざまな理由で大炎上を繰り返しているのは元参議院議員の佐山広寿ということです。佐山の誘拐と円谷殺しの犯人は関係があるんでしょうか？」

わからない、と俊は言った。

「犯人のターゲットは犯した罪に対し、罰が軽いものだ。パワハラで職員を自殺に追い込み、裏金疑惑で説明責任を果たさず逃げた佐山が狙われてもおかしくない。だが、円谷がそうだったように、見せしめのための殺人なら、発見されやすい場所に死体を遺棄したはずだ。犯人はそれぞれ別にいるのか？　それとも、他に目的があるのか……」

「目的？」

佐山の罪は数え切れない、と俊は長い息を吐いた。

「不倫、愛人、買春、収賄、パワハラ、証拠隠滅、もっとあるだろう。佐山にすべての真実を語らせ、何もかもを明るみに出すため、誘拐したのかもしれない。それなら、犯人は佐山を生かしておく……春野、浪岡とデータを洗い直してくれ。犯人は赤坂見附駅の近くで佐山を誘拐した。周辺には山ほど防犯カメラがある。不審者をすべてチェックするんだ」

了解です、と杏菜が通話を切った。

「吉川班長に電話」

俊の声に、パソコンの画面が切り替わった。

3

土曜日、午前七時。ＰＩＴルームに六人の班員が集まった。

昨夜《ゆうべ》、蒼井の連絡を受けて緊急会議があった、と吉川が口を開いた。

「円谷殺しと佐山誘拐の犯人には関連性がある、更に言えば同一犯かもしれない……その辺りを検討していたが、まだ結論は出ていない。ただ、春野と浪岡が赤坂見附駅周辺の防犯カメラを改めてチェックしたところ、妙な男が見つかった。春野、説明を頼む」

杏菜がマウスに触れると、俊のパソコンに一台のミニバンが映った。

大和屋《やまとや》とロゴが入っています、と杏菜が口を開いた。

「七つ木横丁に同じ名称の居酒屋があり、その店の車だと担当の刑事は思ったそうです。でも、よく見ると微妙にロゴが違います。大和屋に問い合わせると、営業車は黒のワゴンと回答がありました。この白いミニバンは佐山が七つ木横丁に入った直後、路地の手前で停車しています。防犯カメラが撮影したのは助手席側で、運転者が反対側から降りたため、映っていません。五分後、ミニバンは溜池山王《ためいけさんのう》駅方面に向かっています。その際、一瞬ですが、大和屋の主人が運転者の男を見ていました。三十歳前後、身長は一八〇センチから一八五センチ。覚えているのはそれだけで、車に大和屋のロゴはなかったそうです。ロゴはフィルムだったと思われます。重要なことではないと思ったので、聞き込みの際も触れなかった、と話していました」

「顔は見ていないのか？」

川名の問いに、マスクをしていたと言ってます、と杏菜が答えた。

「服装は覚えていませんでした」

「ミニバンは？　青山《あおやま》通りを走っていたんだろう？　防犯カメラで追えないのか？」

駐車場でナンバーを付け替えたようです、と浪岡が手を挙げた。

「円谷殺しと同じで、車体に貼っていた偽の大和屋のロゴを外したんでしょう。その車に佐山を押し込んだスーツケースを積んだら、防犯カメラも追跡できません。情報は三係に伝えました。ミニバンの捜索を始めたが、まだ見つかっていないと連絡がありました」

どうせ盗難車だ、と吉川が唸った。

「見つかったところで、どうにもならない。手口は円谷殺しの犯人と同じだが、同一犯なら佐山を殺し、死体を遺棄しているはずだ。言い方は良くないが、なぜ殺さないんだ？」

同一犯と断定はできません、と杏菜が言った。

「逃走用車両を用意する犯罪者は少なくありませんし、手口を真似することもあります」

蒼井、と川名が声をかけた。

「何をぼんやりしてる？　話を聞いてなかったのか？」

すいません、と俊はまばたきをした。

「SSBCから最新のデータが届いたので、それに気を取られて……SNSの悪意の酷さに、吐き気がするほどです。無法地帯ですね。地獄の方がまだましなんじゃないか、そんな気もしてきました。誹謗中傷、ヘイト、差別、陰謀論……何を考えて〝いいね〟を押し、リポストを繰り返すのか、理解不能ですよ」

何も考えていないんだ、と川名が苦笑した。

「芸能人のスキャンダルやスポーツ選手のコメントに嚙みつき、マウントを取る。それが奴らの習性だよ。醜悪な話は数知れない。データにあるが、自分の映画に出演した女性に枕営業を強要した映画監督、生徒に自殺をけしかけた中学校の教師、選挙演説中の対立候補に街宣車で突っ込んだ奴……警察官の仕事は市民を守ることだが、守るべき市民はどこにいるんだ?」

ＰＩＴの内線電話が鳴った。高槻理事官です、と千秋が保留にした。受話器を耳に当てた吉川の顔色が変わった。

「理事官、本当ですか?」

吉川がスピーカーに切り替えると、南江東署《みなみこうとう》から連絡があった、と高槻の声が流れ出した。

「たった今、江東区東陽《とうよう》三丁目の児童公園で死体が見つかった」

「死体?」

女性の全裸死体だ、と高槻が呻《うめ》いた。

「両足を大きく開き、股間にガラケーが突っ込まれていた。鑑識は三十代と言っているが、顔の火傷《やけど》が酷く、人相は判別不能。死因は扼殺《やくさつ》、殺してからガスバーナーで顔を焼いたんだろう」

まともな奴のすることじゃない、と高槻がため息をついた。

「首の骨が折れているが、他に外傷はない。南江東署が連絡したのは、円谷殺しと共通点が——」

「演出の意図があったんですね?」

俊の問いに、そうだ、と高槻が答えた。

「女性の死体だが、左手はガラケーに、右手は乳首に瞬間接着剤で固定されていた。自慰行為の象徴で、女性を辱めるためにそんなことをしたんだろう。強い恨み、憎悪があったんだ。だが、それならバラバラに切り刻んだはずだ。円谷殺しと同じで、被害者を侮辱する意図は明白だよ」

「身元は?」

衣服、バッグ、その他遺留品はない、と高槻が長い息を吐いた。

「残っていたのはガラケーだけだ。二〇〇五年頃に販売されていた機種で、十年以上前に製造中止になっている。調べたところで、事件とは関係ない名前が出てくるだけだろう」

指紋とＤＮＡは採取した、と高槻が説明を続けた。

「髪は黒のショートボブ、身長一五五センチ、体重は約五〇キロ。殺害時刻は昨夜十時から十二時の間、別の場所で殺し、死体に細工してから児童公園に運んだようだ」

「円谷殺しと同じですね……他には？」

身体的特徴はない、と高槻が首を振る気配がした。

「痣《あざ》やホクロなど、特に目立つものはなかった。歯の治療跡で診療記録を調べれば、身元が割れるだろうが、時間がかかる。検視で持病や手術の跡が見つかれば、もう少し早くなるかもしれない」

「死体が発見されたのは江東区の児童公園ですね？」

「そうだ」

俊は画面のリストに目をやった。

「被害者の名前は我妻真帆《あがつままほ》、大田区立東《ひがし》第二中学の英語教師です」

「誰だって？　我妻？　なぜわかるんだ？」

円谷殺しの犯人が狙うターゲットのリストに名前があります、と俊は言った。

「我妻は何をしたんだ？」

「江東区の区立中学で、いじめによる自殺があったのは覚えていますか？　いじめ被害に遭った中学二年生の少女が、駅のホームから飛び込み自殺したんです」

「覚えている」

少女が死んだのは江東区の亀戸駅《かめいど》でした、と俊は言った。

「通っていたのは同区の区立中学。少女が自殺した翌年、我妻は大田区の区立中学に転任しています。こんな女がまだ教壇に立っていたのか……」

「君の感想はいい。犯人はなぜこんなことをした？」

事件の風化を防ぐためです、と俊はまばたきをした。

「いじめの加害者や関係者に対し、少女の死を忘れるなという警告でもあります。だから我妻の死体を江東区内の児童公園に遺棄した……死体そのものが犯人のメッセージなんです。大田区立東第二中学の関係者と連絡を取ってください。我妻だと確認できる者がいるはずです」

間違いでしたじゃ済まないぞ、と高槻が吐き捨てた。

「殺されたのは本当に我妻真帆か？」

九九パーセント、と俊は答えた。

「それ以上です。被害者の身元が不明なままでは、捜査も何もないでしょう」

無言で高槻が通話をオフにした。俊は窓に目をやった。小雨が降り始めていた。

Chapter 5　ブラフ

1

一時間後、大田区の区立中学の教師が我妻真帆の死体を確認した。

この日は土曜だが、事件が起きれば、警察に平日も休日もない。午後一時、女性教師殺人事件の捜査本部が大田区中央警察署に設置され、五十人以上の捜査官が集まった。ＰＩＴも捜査会議に加わり、犯人のプロファイリングを始めた。

午後四時に始まった第一回捜査会議に出た吉川が戻ってきたのは、二時間後の六時だった。俊もヘルパーをキャンセルし、ＰＩＴルームに残っていた。

酷い事件だ、と俊たちに吉川が説明を始めた。

「我妻は三十二歳、私立神宮《じんぐう》大学教育学部で教員免許を取得、卒業後、東京都の教員採用候補者選考に合格、江東区立西第四中学に配属された英語教師だ」

江東区の女子中学生、と川名が両頬を手のひらで撫《な》でた。

「亀戸駅のホームから飛び込み自殺したのは、一昨年の三月でしたね？　その時点で、女子生徒は中学二年生でした。自殺の原因は同じクラスの男子と女子生徒によるいじめで、自分もニュースで見ましたが、長期にわたって続いていたようです」

杏菜が手を伸ばし、スマホの画面を俊に向けた。あどけない表情の少女が映っていた。

少女の自殺だが、と吉川がパソコンに触れた。

「当初から、いじめによるものと生徒や教職員から指摘があったが、西第四中学校の杉田《すぎた》校長は全面否定した。少女の死から約ひと月後の記者会見でも、いじめ行為は認められないとコメントしている。その間、少女の担任を務めていた我妻は一切表に出ていなかった。校長がかばっていたんだ」

記者会見ですべてを終わらせるつもりだったようだが、そうはいかなかった、と吉川が話を続けた。

「いじめがあった、と同じクラスの生徒たちは知っていた。我妻は内申点をちらつかせて脅し、箝《かん》口《こう》令を敷いたが、生徒たちは両親に話し、それが週刊誌の記者に伝わった。自殺した少女の母親が娘の日記を見つけ、そこに男女合わせて六人の名前が記されていたのが決め手となり、記事が出たのは一年ほど前だ。SNSで繰り返し炎上し、いじめ加害者の名前が晒《さら》されるようになった。先月もテレビのニュースで取り上げられていたな」

いじめのやり口が陰湿すぎます、と杏菜が口を開いた。

「あたしは少年係にいましたが、ここまで酷い話は聞いたことがありません。六人の男女生徒は性的な嫌がらせをしていました。彼らは少女の裸の写真や動画を撮影し、それを拡散すると脅して、自殺に追い込んだんです。もうひとつ、担任の我妻も加担していた点が、通常のいじめと違います」

　我妻が少女のいじめを扇動していたのは間違いない、と吉川が話を引き取った。

「少女が中学に入学した時からの担任で、最初から嫌っていたようだ。他の生徒たちによると、やや優柔不断で、意見をはっきり言えない性格だったというが……」

　それぐらい普通でしょう、と千秋がデスクを拳で叩いた。

「コンプレックスや羞恥心のために、他人と接するのを恐れる中学生は一定数います」

　根崎くんの言う通りだ、と吉川がうなずいた。

「少女は内向的な性格で、人付き合いが苦手だったようだが、それが悪いってことはない。我妻が六人の生徒をそそのかして、少女をいじめたという報道もある。少なくとも、我妻がいじめを放置していたのは確かだ。学校の対応もまずかった。加害者の生徒たちを守るため、と理由をつけ、我妻をかばい続けた。いじめの実態を調査するべきだったが……」

　あのジイさんは記者会見でにやにや笑ってました、と川名が足を組んだ。

「老害を絵に描くと、ああなるんでしょう。自分の非は一切認めない、中学校でいじめがあるのは仕方ない、とも言ってましたね」

　新聞記者に聞いたが、と吉川が視線を床に落とした。

「杉田校長と我妻の間には男女関係があったらしい。匿名で複数の学校関係者から告発メールがあったそうだ。ただ、我妻がいじめに加担した理由は今もわからないままだ」

　妙ですね、と浪岡が首を捻った。

「教師が直接いじめに加わるなんて、聞いたことがありません」

　その辺は藪《やぶ》の中だ、と吉川が言った。

「マスコミの報道が続き、杉田校長と我妻の責任を問う声が大きくなった。何があったのか、保護者たちも学校側に説明を求めた。だが、我妻はそれを拒み、杉田校長も一貫して否定し続けた。三か月後、我妻はクラスの担任から外れ、去年の四月に大田区の区立中学に転任した」

世の中どうなってるんですかね、と川名が吐き捨てた。

「説明責任も果たしていないし、事実関係も不明なのに、区が変われば教師として教壇に立てる？　めちゃくちゃじゃないですか」

我妻は少女へのいじめを否定しているんだ、と吉川が肩をすくめた。

「取材には一切応じないし、家を訪れた新聞記者を訴えるなど、強気な姿勢を崩さない。六人の生徒たちもお咎《とが》めなしだ。処分を下せば、担任の我妻、そして学校がいじめを認めることになるから、そうせざるを得ないんだろう」

全員転校しています、と千秋がパソコンに目をやった。

「名前、顔写真、個人情報……クリックすれば全部出てきます。転校するしかなかったでしょうね」

そして我妻は殺された、と吉川がため息をついた。

「少女のための復讐《ふくしゅう》か？　それにしても、顔を焼くのはまともじゃない。よほど強い恨みがあったのか……蒼井、何か言いたそうだな」

円谷殺しと同一犯です、と俊は言った。

「劇場型の殺人で、犯人は明らかにマスコミ、インターネットを意識しています。水無月が言っていた通り、第二の殺人……いえ、第三の事件が起きたんです」

第三の事件って、と川名がデスクを叩いた。

「円谷殺しと佐山誘拐の犯人が我妻を殺したのか？　だが、証拠は何もないぞ」

三人には共通点があります、と俊はまばたきをした。

「犯した罪に対し、罰が軽いこともそうですが、何があったのか詳しい事情を説明せず、逃げ続けていました。形式的に謝罪しただけで、反省はしていません。それが犯人の動機でしょう。歪んだ正義感による怒りの矛先が三人に向いたんです」

まずいな、と吉川が頭を掻いた。

「誰かが殺された二人の共通点に気づくと、佐山の件も関連を疑われる。騒ぎになれば、犯人は佐山を殺すだろう」

佐山の誘拐は別の犯人によるものかもしれません、と杏菜が俊に目をやった。

「佐山をまだ殺していないのは、蒼井さんもわかってますよね？」

それなら死体が発見されているだろう、と俊は言った。

「だが、犯人は何のために佐山を誘拐したんだ？」

わかりません、と杏菜が視線を床に落とした。

最悪なのは、と吉川が顔をしかめた。

「犯人のターゲットになり得る者が山ほどいることだ。このままだと、また犠牲者が出る。蒼井、可能性の高い順に名前を挙げてくれ。ターゲットの警護を警備部と協議する」

すぐに、と俊は目配せをした。席を立った浪岡がプリントアウトしたリストを全員に配った。

2

夜七時、俊はリストを再検討し、上位五十人の名前を吉川に提出した。帰宅すると、待っていたように電話が鳴った。

「ぼくを監視してるんですか？」

そうじゃない、と玲の声がした。

「わたしはあなたの能力を誰よりも理解している。だから、動きが読める。あなたは犯人に狙われる危険性の高い者をリストから抽出し、優先順位をつけて上司に提出した。そうでしょう？　犯した罪に対し、責任を取っていない者が対象となる。ただし、その選択にはネット民の意思が反映される。不特定多数の心理を読むのは難しいけど、あなたは精査して優先順位をつけた。仕事が終われば、マンションに帰るしかない。わたしはタイミングを待っていただけ」

「ＰＩＴルームでもあなたと話せます」

二人だけの方が話しやすい、と玲が小さく笑った。

「我妻真帆について調べたけど、彼女は教師になるべきじゃなかった。他の仕事に就いても、同僚や後輩をいじめただろうけど、大人が相手ならあそこまで酷いことはしなかったはず」

「判断の基準は何ですか？」

「テレビで我妻の両親が取材に応じていたけど、あなたは見た？」

「午後のワイドショーですね？　ちらっと見ただけです」

母親は典型的な毒親《どくおや》、と玲が言った。

「涙を拭いながら、犯人を非難していた。顔にモザイクがかかっていたけど、手の動きでも心の内は推し量れる。あの女は娘の死を喜んでいた」

「そんなわけないでしょう」

「言い換えれば、注目を浴びて楽しんでいた」

「母親ですよ？　仮に毒親でも、娘の死を喜んだりはしません」

代理ミュンヒハウゼン症候群は知ってるわね、と玲が講義をする大学教授のような口調になった。

「作為症の一種で、自分で体を傷つけたり、病気を装うのがミュンヒハウゼン症候群、近親者が手を下すと代理ミュンヒハウゼン症候群と呼ばれる。どちらも一九五一年にイギリスの医師が発見した精神疾患で、周囲の関心や同情を引くためなら自傷行為、自殺さえ厭わない。あの母親はその典型例よ。真帆が小さかった頃、食事に農薬を混ぜたり、腐った肉、魚を食べさせた可能性がある」

「独断と偏見が酷すぎます」

「周囲から立派な母親と思われるため、病気や怪我《けが》をした真帆を献身的に看護した。幼稚園教員、小学校の先生に話を聞けばわかる……娘の死という悲劇に気丈に耐える母親、それこそが彼女の求めているもので、あの女の声、そして手の動きは内心の興奮と歓喜を雄弁に物語っていた」

前にも言いましたが、と俊はパソコンに向けて片目をつぶった。

「ぼくは精神分析学を信じていません。統計の一種で、絶対ではないんです。手の動きで心が読める？　そんなオカルトめいたことを言うと、勘違いした自称メンタリストが出てきますよ」

精神分析官とメンタリストは正反対、と玲が言った。

「メンタリストは占い師よりたちが悪い。あの手の連中はコンプレックスの塊で、強い劣等感が攻撃性に変わり、他人を貶《おとし》め、扇動し、操ろうとする。都合の悪いことはすべて否定し、独善性が強い。だからこそ、信じる者がいる」

「それは認めます。一種のバックファイア効果ですね」

話を戻しましょう、と玲がため息をついた。

「あなたがいくら否定しても、優秀な心理学者、精神分析官はあるレベルで他人の心を読めるのは事実よ。口調、声の抑揚、無意識の動作、目、表情、小さな手掛かりを見逃さなければ、初めて会う者でも性格がわかる。そして、それは誰にでも備わっている能力よ。もちろん、あなたにもある」

言いたいことはわかります、と俊は言った。

「一瞬の目の動きだけで、伝わってくるものはあります。ただ、一〇〇パーセントじゃないと言ってるんです」

真帆の父親も酷かった、と玲が苦笑した。

「権威主義で、家父長制の象徴みたいな男よ。妻も娘も、自分の従属物としか思っていない。そういう男の多くは日常的にDVを繰り返す……つまり、真帆は代理ミュンヒハウゼン症候群の母親とDV常習者の父親のもとで育った。子供にとって、それは虐待よ。他人をいじめることで、我妻は精神のバランスを取っていたの」

「推理というより、妄想ですね。父親がDV男だった証拠は？　口調や言葉遣いですか？　資料を見ましたが、我妻真帆の父親は七十歳で、その世代の男性は多かれ少なかれ、家父長制を引きずっていますよ。だからといって、全員が妻や子供に暴力をふるうわけじゃありません」

逆算もできる、と玲が言った。

「成年のいじめ加害者は、幼少期にいじめ被害者だったケースが圧倒的に多い。十代の頃、我妻真帆はいじめられていた可能性が高い。蒼井くん、SNSはチェックしてる？」

「そんな暇はありません」

我妻真帆の情報がネットに出ている、と玲がキーボードに触れる音がした。俊の目の前のパソコンに、Xのスクリーンショットが映し出された。

同級生のポスト、と玲が囁いた。

「あなたの手間を省くために、整理しておいた。小学生の時は地味で陰気、友達もいなかった。いわゆる陰キャね。でも中学に入ると髪を染めたり、問題行動を起こすようになった。気の弱いクラスメイトを集中的にいじめて転校させたこともあった、と同じクラスだった女性がつぶやいている」

「よく教師になれましたね」

別の資料を送る、と玲がマウスをクリックした。

「高校の教師がSNSにアップした彼女の通知表よ。少女の自殺をニュースで知って、告発したの。我妻の成績だけど、英語と現代国語は十段階で十、全体では上位三〇パーセント内にいる。頭が悪いわけじゃない。だから、余計に始末が悪いとも言えるけど」

「我妻がいじめに加担していたのはなぜです？　こっちに入ってきた情報では、自ら率先して少女をいじめていた形跡もありますが……」

自分と似ていたからよ、と玲が言った。

「少女を見ていると、小学生だった頃の自分を思い出す……それは真帆にとって忌まわしい記憶で、不快なノイズだった。二度とあの頃に戻りたくない、その怯《おび》えが真帆を突き動かしたの」

「性的ないじめを指示したのも我妻ですか？」

何とも言えない、と玲が小さく咳をした。

「ただ、中学生は天使じゃないし、純粋な生き物でもない。リミッターがない分、どこまでも残酷になれる」

「そうかもしれませんが……」

「デジタルネイティブ世代とあなたでは、立っている地平が違う。誰が何をしたか、それに真帆がどう関わっていたかはわからない」

「円谷殺しと同一犯ですね？」

佐山事件も含めて考えるべき、と玲が言った。

「犯人はわたしの模倣犯で、事件を劇場型犯罪に仕立て上げようと試みた。円谷殺しではそれに成功したし、今回も及第点と言っていい。器用な猿、というのがわたしの感想よ」

「犯人の目星がついているんじゃありませんか？」

いわゆる犯罪マニアの可能性が高い、と玲が深い息を吐いた。

「書店でサブカルチャーの棚を覗けば、異常心理による犯罪、猟奇殺人に関する書籍がいくらでも並んでいる」

「知ってますよ。読んだこともあります」

わたしはあなたの千倍読んでいる、と落ち着いた声で玲が言った。

「マウントを取りたいわけじゃない。事実を言ってるの。その種の本を読むことも、わたしの仕事のひとつだった。殺人に興味を持つのと、実行するのとは違うけど、境界線を乗り越える者はいる」

「はい」

「わたしの殺人は特殊だった、と信じる者がいる。自慢にならないけど、ネットを覗けば、水無月玲の名前がいくらでも出てくる。ほとんどは考察サイトだけど、真剣に研究している者や水無月玲をダークサイドのヒロインと捉える者も少なくない。犯人がその一人、という可能性は否定できない。猟奇殺人に関する文献を読んでいるうちに、自分の手で人を殺したくなり、実行した……ミイラ取りがミイラになったの」

「水無月さん、何か隠してませんか？　明確な根拠がないので、吉川班長には話してませんが、ぼくはあなたの患者を疑っています」

十分にあり得る、と玲が言った。

「そうでなければ、わたしのやり方を徹底的に模倣する理由はない」

調べましたが、と俊は唇を噛んだ。

「診療情報は究極の個人情報で、人殺しの医師でも、患者のカルテは閲覧できません。そもそもですが、あなたはカルテを破棄しているので、調べようがないんです。何か知っているなら、話してください」

患者は五千人近くいた、と玲が言った。

「全員の顔、名前、症状を覚えているけど、誰が犯人か断定はできない。そこまでのデータはわたしも持っていない」

「事件に関するデータを渡せと？　できるわけないでしょう。あなたは指名手配中の殺人犯で、情報を渡せば懲戒免職処分が待っています」

「あなたは警察官を志望していなかった。辞めても構わないでしょう？　正義漢を気取っているの？」

匂わせではなく、と俊はまばたきを繰り返した。

「具体的な話をしてくれませんか？」

なぜ犯人は佐山を殺さないのか、と玲が言った。

「そこがヒントよ。よく考えて」

「佐山はまだ生きてるんですね？」

「警察は佐山の死体を見つけていない。違う？」

俊は唇を結んだ。答えることができない問いだ。

犯人はわたしの模倣犯よ、と玲が何かを叩く音がした。

「同時に、自己顕示欲の塊でもある。異常な形で死体をデコレートするのは注目されたいから。犯人に死体を隠す理由はない。つまり、佐山は生きている」

唐突に通話が切れた。俊は窓に近づき、外を見回したが、人影はなかった。

3

日曜の朝七時、俊がＰＩＴルームに顔を出すと、川名が椅子の上で胡座《あぐら》をかいていた。

「円谷殺しの捜査に進展があった」

爪切りで足の爪を切っていた川名がうつむいたまま言った。勘弁してくださいとつぶやいた俊に、誰もいないから構わないだろう、と川名が笑った。

「クラウンを盗まれた平川と同じマンションに住んでいる主婦によると、半月ほど前に不審な男を見たそうだ。早朝と夜の二度見ている。主婦はトイプードルを飼っていて、散歩中にその男とすれ違ったんだ」

「なぜ怪しいと思ったんです？」

六月だぞ、と川名が壁のカレンダーに顎を向けた。

「日差しが眩《まぶ》しいわけでもないのに、サングラスとマスク姿の男を見たら、誰だって妙だと思うさ」

「マンションだと、知らない顔は目立ちますからね。それもあったんでしょう」

「駐車場は棟ごとに分かれていて、誰でも入れる。その男は身長一七五センチ前後、肩幅が広くて大柄で、二十代後半から三十代後半、大きなマスクをかけ、トレーナーにジーンズ姿だった。犯人像と一致する」

「他には？」

聞き込みで主婦の証言が出たのは昨日の午後だ、と川名が言った。

「最初は五月の終わりか六月の初めで、日は覚えていなかった。だが、二度目に見た時、変な男がいたと夫に話していたので正確な日がわかった。六月九日、金曜の夜だ」

「時間は？」

夜九時頃だ、と川名が爪切りをデスクに置いた。

「それで調べる範囲が狭まった。マンションの各部屋にはインターフォンがついていて、誰かが押せば自動録画が始まる。全戸共通で、消去しないと映像が残る。長くても三十秒ほどだが、科捜研が調べている。犯人が映っているかもしれん。期待はできないがな」

アクア2、と俊は呼びかけた。

「科捜研に電話を入れて」

便利だな、と川名が脂の浮いた顔を手のひらで拭った。科捜研の都築《つづき》だ、と野太い声がスピーカーから聞こえた。

「PITの蒼井です。円谷殺しですが、インターフォン映像が残っていると聞きました」

川名か、と都築が唸った。

「伏せておけと言ったんだが……昨日の夕方、マンション全戸のインターフォン映像がこっちに届いた。ただ、条件が悪い。六月九日の日没は十九時頃で、それ以降は辺りが暗くなる。マンションの外廊下に蛍光灯があるが、玄関灯がついていないと、映っている者の人相は判別できない」

「そうでしょうね」

インターフォンのカメラは画角が狭い、と都築が咳払いをした。

「四、五人映っていたが、全員宅配業者だった」

「では、何もわからなかった?」

そうは言ってない、と都築が声を大きくした。

「マンションの住人は駐車場に車を停めている。車で帰宅した者や外出した者のドライブレコーダーが歩いていた者を映していた。しかし、どれもピントが合っていない。男か女か、それさえ判別不能だ。人物の特定はできなかった」

FAIで解析しましょう、と俊は言った。

「FAIには歩容認証システムが内蔵されています。ピントと関係なく、二歩歩いていれば個人を特定できます」

FAIはまだ実験段階だ、と都築が舌打ちした。

「裁判での証拠にはならないし、下手をすると見込み捜査になる。冤罪の温床なのは知ってるだろ？」

調べるだけです、と俊は後頭部をヘッドレストに押し当てた。

「他にも識別できることがあるかもしれません」

動画ファイルを送る、と都築が言った。

「何かわかったら、必ず知らせてくれ」

了解です、と俊は通話を切った。数分後、科捜研からメールが届いた。

「動画ファイルをパソコンに転送」

胸の前のパソコンが開き、四分割された画面に四つの動画が流れ出した。どんな感じだ、と革靴に素足を突っ込んだ川名が俊の背後に立った。

「おいおい、ピンボケもいいところだ。しかも、映っているのは一、二秒だぞ？　何を調べる気だ？」

最適な画像、と俊は言った。四つの動画が同時に静止画になった。

「クラウンを盗み、円谷を殺害した男性はがっちりした体格で、身長も高いと考えていいでしょう」

「それで？」

「主婦の証言によれば、不審な男の身長は一七五センチ前後です。身長の範囲を一七〇センチから一八〇センチに設定しましょう。他は削除します」

パソコンから三つの動画ファイルが消えた。残ったのはひとつだけだ。

画像を拡大、と俊は指示した。

「川名さんも見てください。ぼやけた映像ですが、何か特徴があれば――」

無理だ、と拡大された映像を川名が睨みつけた。

「ピクセルの塊じゃないか。特徴も何もない。ＦＡＩの機能はこんなものか？　映画だと、キーボードを叩けば鮮明な映像が浮かぶぞ」

一緒にしないでください、と俊は言った。

「そう簡単にカメラの性能は向上しませんよ……人間の顔には表情があり、瞬間的な変化を続けるので、レンズでは捉えきれないんです」

言い訳はいらん、と川名がパソコンの画面を指さした。

「問題はこいつだ。身長一七三センチと表示されているが……」

数センチの誤差はありますが、ほぼ正確な数字です、と俊は言った。

「帽子を被っているのは、ピクセルでもわかります。ベースボールキャップのようですね」

つばがある、と川名が画面に指を置いた。

「赤か？　プロ野球なら広島カープだが、高校野球や社会人野球の選手も帽子を被る。ファッションアイテムでもあるんだ。赤いキャップなのは確かだが、こんな男はどこにでもいる」

輪郭を補完、と俊は命じた。顔の部分に網がかかった。

「眼鏡をかけていますね。不透明なのがわかります。サングラスでしょう。典型的な犯罪者の変装です」

犯罪者の側にも事情がある、と川名が俊の肩を軽く叩いた。

「車を盗もうとしているんだぞ？　バレバレの変装でも、顔を出すわけにはいかない。人相はわからなかった、と主婦は話している。とにかく、これじゃ人物の特定はできない」

ベテラン刑事の川名さんに質問ですが、と俊は言った。

「ベースボールキャップ、サングラス、マスクの三点セットを身につけて歩いている男を見たら、どう思いますか？」

怪しいと思うさ、と川名が答えた。

「最初に主婦が男を目撃したのは朝七時頃、次は夜九時前後だった。夜にサングラスをかけている奴は不審者と言っていい。巡回中の警察官なら、声をかけてもおかしくない」

犯人にとって優先順位が高いのは顔を隠すことです、と俊は言った。

「顔バレは致命的ですからね。水無月に学んだ犯人です。メリットとデメリットを計算し、安全な方を選んだでしょう。でも、警察官なら職質ができます。犯人はなるべく早く変装を解きたかったはずです。川名さんが犯人なら、いつ帽子を脱ぎ、サングラスを外しますか？」

夜九時はサラリーマンの帰宅時間と重なる、と川名が腕を組んだ。

「どこで誰が見ているかわからないから、マンションの敷地内で変装は解けない。百メートルほど離れた場所で、帽子とサングラスを外しただろうな」

アクア2、と俊は指示を出した。

「マンションを中心に百メートルの同心円を描き、それをプリントアウトして」

地図の真ん中にあったマンションを円が囲んだ。ブルートゥースで繋がっているコピー機が動き出し、一枚の紙を吐き出した。

取ってきた川名が俊の前で広げた。

「それで？」

マンションン付近は住宅街です、と俊は言った。

「一戸建て、アパート、マンション、コンビニやクリーニング店、他にも店舗があります。品川区は防犯意識が高く、多くの店舗が防犯カメラを設置しています。一戸建ての家も家庭用防犯カメラをつけているでしょう」

「それを全部調べろと？　マンションやアパートも、エントランスに防犯カメラを置いている。時間と人手がいるぞ……それに、犯人の画像はドラレコのカメラに映っているだけだ。どうやって照合するつもりだ？」

焦る必要はありません、と俊は小さく笑った。

「マンション周辺百メートル以内のどこかで、犯人は帽子とサングラスを外したでしょう。身長、体格もある程度わかってます。特定できる条件が揃っていますから、画像のピックアップは難しくありません」

「対象が多すぎる」

店舗の防犯カメラは映像を警備会社に送ります、と俊は言った。

「一定期間保存し、その後は消去しますが、クラウン盗難後ひと月も経っていませんから、まだ保管しているでしょう。それを調べれば、犯人の画像が出てきますよ。もうひとつ、水無月は犯人が車かオートバイに乗っていたと推測していましたが、ぼくは自転車だと考えています。広範囲を歩いて移動してクラウンを探したら、とんでもない時間がかかりますが、車やオートバイだと一方通行や駐車スペースの問題もあります。それを踏まえて調べてください」

「手配しよう」

コピーした地図を手に、川名がＰＩＴルームを飛び出した。騒がしい人だ、と俊はつぶやいた。

4

上は大騒ぎだ、と吉川が天井を指さした。夕方四時、川名を除き、全員がPITルームに戻っていた。

「SNSは便所の落書きと同じ……誰が言ったか知らないが、私もそう思うよ。警察は無能だ、さっさと犯人を逮捕しろと叩かれているが、捜査はそう簡単に進まない」

警察批判の理由は他にもあります、と杏菜がボールペンでデスクを叩いた。

「SNS上では犯人を擁護する者が多く、法が裁けない悪人を処刑する犯人の邪魔をするな……そんな声が目立ちます」

加えて、と杏菜が先を続けた。

「今まで警察や検察は何をしていたのか、という声も上がっています。円谷を罰金刑で済ませたこと、少女を自殺に追い込んだ我妻真帆を逮捕しなかったこと、いずれは世間も佐山が誘拐されたと知りますが、説明責任を果たさず逃げた男ですからね……上層部も頭が痛いでしょう」

過敏になりすぎてませんか、と浪岡が顔を上げた。

「ネットの声はわかりますよ。円谷、佐山、我妻、三人とも外道以下です。でも、だから殺していいとはなりません」

犯罪は犯罪だ、と吉川がうなずいた。

「それ以上でも以下でもない。円谷と我妻を殺し、佐山を誘拐したのは、おそらく同じ人物だ。社会正義を盾にしているが、許されるはずもない。だが、犯人を支持する声は大きい。下手をすれば、模倣犯が出るだろう。何としても逮捕しなければならないが……」

川名さんが動いています、と俊は言った。

「平川のマンション周辺の家や店舗の防犯カメラをチェックすれば、必ず手掛かりが見つかります」

もう四時だぞ、と吉川が時計に目をやった。

「川名から連絡があったのは朝八時半、その二時間後、彼は所轄の刑事たちと聞き込みを始めた。警備会社に協力を要請したのは私だが、まだ連絡はない」

一時間ほど前、と俊は目を逸らした。

「川名さんに電話を入れましたが、留守電に繋がるだけでした。猪突猛進というか、現場に入ると周りが見えなくなる人ですからね……まだ防犯カメラを調べているんでしょう」

デスクで電話が鳴った。受話器を耳に当てた吉川が、パソコンに注目、と電話をスピーカーホンに切り替えた。

全員のパソコン画面に真っ黒な布が映し出された。高槻だ、と低い声がスピーカーホンから流れた。

「映っているのはワイシャツの切れ端で、佐山のDNAが検出された。犯人が黒のペンキで塗ったようだ。佐山の妻によるとオーダーメイドのワイシャツで、誘拐された日にも着ていた」

「どこで見つかったんですか？」

吉川の問いに、昨日の夜、西練馬郵便局員が発見した、と高槻が答えた。

「不審な郵便物に注意、と警視庁が通達を出していたが、それがなければスルーされただろう。宛先は西赤坂署刑事係、差出人の名前はない。連絡を受け、鑑識がワイシャツの切れ端を調べていた。

犯人はワイシャツの襟を鋏《はさみ》で切っている。ペンキは完全に乾いていた。佐山が誘拐されたのは六月十二日夕方六時前後だが、その夜にワイシャツを切断、ペンキで塗ったんだろう」

犯人は誘拐を示唆するＵＳＢを黒い封筒で送っています、と俊は言った。

「つまり、このワイシャツも……」

裏金関連の書類を黒塗りにしたのは、と高槻が声を更に低くした。

「佐山本人も認めている。機密を守るためと理由をつけていたが、そんなわけないだろう。民自党上層部、おそらくは森下総理の指示があったはずだ」

犯人の意図が明らかになった、と高槻がため息をついた。

「黒い封筒、文書ファイルの黒塗り、そして黒のペンキで塗ったワイシャツ……すべて文書黒塗りの暗示だ」

ですが、と杏菜が口を開いた。

「封筒やワイシャツを郵送するのはリスキーな行為です。犯人は何のためにそんなことを？」

ブラフだ、と高槻が答えた。

「ブラフ？」

犯人は佐山を脅している、と高槻が声を尖らせた。

「生きて帰りたければ、誰の指示で証拠となる文書を黒塗りにしたのか吐けと暗に言っているんだ。佐山は六十四歳で、体も小さく、非力な男だ。脅されたら抵抗はできない。指示した者の名前を言っただろう」

「それなら、その事実をマスコミに公表すればいいだけです。ブラフをかける必要があるんですか？」

佐山の証言だけでは弱い、と高槻が言った。

「具体的な証拠がなければ、森下総理も否定できる。命の危険を感じてそう答えるしかなかった、と解放された佐山が話したらどうなる？　マスコミも突っ込めない」

「確かに……」

そのためのブラフだ、と高槻が咳払いをした。

「佐山は副大臣で、小物と言っていい。文書の黒塗りを自分で判断したわけがない。森下総理が命じたんだろう。だが、佐山は用心深い男だ。後で問題になった時に備え、会話を録音していた可能性が高い。犯人がその音声ファイルを入手したらどうなる？　それこそが決定的な証拠だ」

「しかし、音声ファイルがあるなら、佐山は犯人に話したでしょう」

佐山のパソコンに音声ファイルはなかった、と高槻が言った。

「スマホ、タブレット、クラウドの中まで調べたから、間違いない。だが、何らかの形で保管しているだろう。保険もかけずに、佐山がすべての泥を被るはずがない。身を守るためには盾が必要だ。自宅に隠しているんじゃないか？」

「根拠は何です？」

俊の問いに、他の場所ならとっくに犯人が入手しているはずだ、と高槻が長い息を吐いた。

「現在、自宅は警察の厳重な監視下にある。それでは犯人も手を出せない。ブラフをかけたのはそのためだろう。音声ファイルを探せ、と森下総理が警察庁に命じるのを待っているんだ」

何のためですかと尋ねた浪岡に、説明は後だ、と高槻が言った。

「十分前、捜査体制の再編成が始まった。君たちは一刻も早く犯人の所在を突き止めろ」

通話が切れた。ＰＩＴルームが沈黙に包まれた。

Chapter 6 元検事長殺し

1

夜七時、俊はマンションに戻った。待っていたヘルパーが無言で服を脱がせ、体を熱いタオルで拭っていく。いつまで経っても慣れない、と俊は目をつぶった。

生活全般について、重度障害者である俊にできることはほとんどない。腕、足、指一本動かせないから、ヘルパーに頼るしかなかった。

職場復帰の前から、食事は一日一食にしていた。排泄を最小限に留めたいと考えたこともあったが、体を動かせないため、食欲そのものがなかった。

喉の筋肉が正常に機能しないため、いつ誤嚥《ごえん》してもおかしくない。高齢者が摂《と》るミキサー食が主食で、何を食べても味は同じだ。

十年以上前なら職場復帰できなかっただろうが、インターネットの普及とスマートフォンの出現によって、状況が大きく変わった。

室内のすべての電化製品をエイプリルが繋ぎ、声で指示を下せば温度の調整、照明、パソコンのオンオフ、リモート会議にも参加できる。その意味で、特に不自由はなかった。

八時過ぎに着信があり、パソコンの画面に川名の顔が映った。

「何かありましたか？」

お前の言った通りだ、と川名がカメラの向きを変え、コンビニのエントランスを映した。Q&R西善願寺店、とドアに記されていた。

「平川のマンションの西側、百メートルほど離れたコンビニの防犯カメラを確認すると、妙な男が映っていた」

吉川班長が怒ってましたよ、と俊は笑みを浮かべた。

「電話ぐらい入れた方がいいと思いますね」

後だ、と川名がスマホのカメラを道の左右に向けた。

「男の写真を送った。届いたか？」

川名さんのメールを開いて、と俊はアクア2に指示した。パソコン画面が二分割され、左側に川名、そして右にメールが映った。

添付ファイルを開くと、自転車に乗った大柄な男の顔のアップが浮かんだ。ベースボールキャップを被り、サングラスとマスクをつけているので、人相はわからない。年齢の見当もつかなかった。

やはり自転車か、と俊はつぶやいた。

セミドロップハンドルはわかるか、と川名が言った。

「フラットではなく、湾曲しているハンドルだ」

昔、流行《はや》ったと聞いたことがあります、と俊は言った。

「事故が多発したり、転倒時にハンドルが胸に刺さる危険性があるので、最近ではあまり見ない気がしますが……」

おれも詳しいわけじゃない、と川名が頭を掻いた。

「ただ、セミドロップハンドルの自転車は今も販売されている。ハンドルは自転車のパーツに過ぎないから、交換もできる。メーカーの担当者に問い合わせたが、ベースはクワタ自転車で、ハンドルだけ付け替えたようだ。海外からの輸入品らしいが、それ以上はわからん」

「所有者を特定できますか？」

盗んだ自転車だよ、と川名が首を振った。

「所有者が判明しても、犯人に繋がるとは思えん。動画を見ているか？　自転車は品川駅方面からコンビニの前を直進している。平川のマンション方向だし、主婦が目撃した時間とも合致する。この男が平川のクラウンを盗んだんだ」

平川のマンションですが、と俊はまばたきをした。

「ほとんどの住人が会社員で、夜十時を過ぎると人の出入りが少なくなります。犯人がクラウンを盗んだのは深夜だとぼくは思っています」

当たり前のことを得意そうに言うのはお前の悪い癖だ、と川名が鼻で笑った。

「白昼堂々、車を盗む奴はいない。六月九日の午後八時半、この男は平川のマンションで下見をしている。コンビニの防犯カメラ映像をチェックしたが、田町《たまち》駅方面に向かったようだな」

ストリートビュー、と俊は命じた。画面が四分割され、右下にコンビニ前の道路が映った。

「電柱に貫井《ぬくい》通りとありますね。地図には記載されてませんが……」

通称だ、と川名が言った。

「付近の住民によると、昔からそう呼ばれていたそうだ。品川駅から泉岳寺、そして田町駅に続く抜け道だな。パトカーでひと回りしたが、広い道路じゃない。ただ、田町駅まではまっすぐだから、使い勝手はいいかもしれん」

田町駅側の防犯カメラを調べてくださいと言った俊に、とっくにやってる、と川名が舌打ちした。

「このコンビニから先、しばらくの間、田町駅側に店舗はない。三百メートルほど先にドラッグストアがあるが、そこの防犯カメラには映っていなかった。脇道に入ったんだろう。付近の家庭用防犯カメラをすべて調べる必要がある。一日、二日で済む話じゃないぞ」

川名の声に重なって、着信音が低く鳴った。川名さん、と俊は囁いた。

「電話が入ってます」

水無月か、と川名がしかめ面になった。

俊はパソコンに目をやった。発信者不明、と画面の隅に文字が浮かんでいた。

「電話はこのままで……声を聞けます」

拝聴しようとだけ言って、川名が口を閉じた。電話に出る、と俊はアクア2に命じた。

2

「起きてた?」

玲の声に、まだ八時過ぎです、と俊は苦笑を浮かべた。

「小学生だって、まだ寝てませんよ」

休んだ方がいい、と玲が遮るように言った。

「一連の事件の捜査のために、支援部署の比重が大きくなっているはず。三件の事件現場でほとんど手掛かりが見つかっていないから、支援部署が捜査を支えざるを得ない」

「捜査支援部署の重要性は上も認めています」

ＰＩＴの他の班員は、と玲が話を続けた。

「酒を飲んだり、友人や恋人と会ったり、ストレスを発散する手段がある。でも、あなたはコンビニで缶コーヒー一本買えない。誰かがついていない限り、部屋にいるしかない。フラストレーションが溜まっても、どうにもならない」

「外出の必要は感じません。ＡＩ音声認識サービスが何でもやってくれます」

あなたが動かせるのは脳だけ、と玲がため息をついた。

「実質的なＰＩＴのトップであるあなたは常に頭をフル回転させ、考え続けなければならない。凄まじいプレッシャーがかかっても、ストレスの捌《は》け口はない。目をつぶるだけでいいから休みなさい。このままだと、脳がショートする」

「それなら、電話をしないでください。ぼくは警察官で、真夜中でも早朝でも電話に出ないわけにはいかないんです」

話しておきたいことがあった、と玲が言った。

「円谷と我妻を殺し、佐山を誘拐した犯人はわたしの模倣犯で、安易に物真似をされたら誰でも腹が立つ。殺人や誘拐に成功して、鼻を高くしていると思うと、不愉快でならない」

「相変わらずプライドが高いですね。あなたらしいと思いますよ」

我妻殺しで確定したけど、と玲が声に僅かに力を込めた。

「犯人の動機は社会正義の実現。あの三人は道徳心を持たない最低の人間たちよ。犯人の怒りは世論の怒りであり、その意味では正当性がある」

そんなものありませんよ、と俊は吐き捨てた。

「殺人であれ誘拐であれ、犯罪は犯罪です。被害者がどんな極悪人でも、私人に裁く権利はないんです」

「あなたは犯人に共感しているの？」

馬鹿らしいと言った俊に、今の言い方だとそうなる、と玲がうなずく気配がした。

「あの三人には生きている価値がない。それは世論も認めている。人として許せないことをしたのは確かよ」

「それとこれとは話が違います」

「彼らのために傷つき、命を絶った者がいる。でも真摯に謝罪、反省し、経済的な弁済を含め、残りの人生すべてを捧《ささ》げて償うことはできた。それなのに、彼らは逃げた。真面目で優秀な警察官なら、悔しいと思うはず」

「法律では裁けない罪があるのは事実で、彼らを罰する法律がないのは悔しいですし、怒りもあります。でも、だから殺していい、と真面目で優秀な警察官は考えません」

わたしは警察官ではないけれど、と玲が小さく笑った。

「あなたと利害関係は一致している。わたしは自分のプライドのために、あなたは警察官の義務として、犯人を逮捕しようと考えている。わたしの話を聞きなさい。参考意見にはなるはず」

「聞かせてください。我妻真帆の件ですね？」

「捜査の進捗状況は？」

言えるわけないでしょう、と俊は苦笑を浮かべた。それなら質問をする、と玲が言った。

「円谷殺しと佐山の誘拐について、いくつか疑問がある。考えておくべきこと、と言ってもいい」

続けてください、と俊はヘッドレストに後頭部を押し当てた。円谷殺しの犯人は自転車に乗っていた、と玲の声が耳に響いた。

「オートバイか車とわたしは言ったけど、あれは間違い。白いクラウンを探すために長距離を走るから、スポーツタイプの自転車ね」

そうです、と俊は答えた。特に隠す情報ではない。

「犯人は盗んだ自転車を使った。でも、スポーツタイプの自転車は高価だから、所有者は防犯意識が高い。簡単には盗めない」

「だから何だって言うんですか？」

「犯人は生活圏内の駅の駐輪場で、目的に適《かな》った自転車を探した。盗難自転車と気づかれないようにスプレーで塗り替え、パーツも交換したはず。車体やタイヤには手を付けにくいから、たぶんハンドルね」

「答えられません」

肯定したのと同じ、と玲が笑った。

「顔を見られるリスクがあるから、犯人はハンドルを自転車の販売店、専門店で購入できない。通販サイトを通じて買ったんでしょう。購入を申し込み、自宅に届けさせた？　違うわね、コンビニに受け取りを代行させたはず。コンビニには店内、店の外、いずれも防犯カメラがある。犯人が映っている可能性が高い。犯人の自宅はそのコンビニの近くにある」

「調べてみます。佐山についてはどうです？」

犯人には意図がある、と玲が声を低くした。

「佐山を表舞台に引きずり出し、何があったのか本人に語らせるつもりよ。佐山が死ぬと、犯人の目的は達成できない。だから、最低限の食事と水を与え、生かしている」

「ぼくも佐山は生きていると思います」

ケアは簡単じゃない、と玲が言った。

「犯人は佐山の両手、両足を拘束し、目隠しや口にガムテープを貼っているでしょう。でも、人間は排尿や排便をする。どこに監禁しているか、ヒントはないの？」

「あれば苦労しません」

この質問には答えなさい、と玲が声の調子を変えた。

「犯人は警察に衣服、あるいは時計や靴など、佐山だと特定できる物を送り付けてきた。そうでしょう？」

「……はい」

ワイシャツかネクタイね、と玲が言った。

「すべてではなく、部分的に切り取っている。拉致された日、佐山はネクタイをしていた？　何色だったかわかる？」

「青です」

それならワイシャツね、と玲が断定した。

「犯人はワイシャツをマジックもしくはペンキで黒く染めた。違う？」

「ワイシャツの襟を黒いペンキで塗り、それを送ってきました。どうしてわかったんです？」

監禁している場所を特定できるかもしれない、と玲が言った。

「また連絡する。最後に言っておくけど、事件は終わっていない。数日中に何かが起きる」

通話が切れ、俊はパソコンに目を向けた。聞いていた、と画面の中で川名が耳に手を当てた。

「犯人が佐山のワイシャツの切れ端を送ったのを、なぜ水無月は知っていた？　無事を証明するために、犯人が誘拐した被害者の写真を送ることがある。だが、あの女は黒く染めたワイシャツと断言していた。情報漏れがあったのか？」

まさか、と俊は言った。

「殺人の指名手配犯に協力して、警察にどんなメリットがあると？　警視庁にとって、彼女以上の黒歴史はありません。情報を漏らす者なんて、いるはずないでしょう」

しかし、と川名が唸り声を上げた。

「目的のためなら、何をするかわからん女だ。家族を人質に取られた警察官がいたら？　何であれ話すしかないぞ」

佐山のワイシャツが見つかったのは昨日の夜です、と俊は川名を見つめた。

「その情報を知っている者は限られます。水無月は冷酷な殺人者ですが、行動には制限があります。警察官の家族を誘拐することはできません」

「それじゃ、何でワイシャツの件を知ってるんだ？　おかしいじゃないか！」

心理学に基づく推測です、と俊は言った。

「彼女はプロファイリングの技術に精通しています。円谷殺し、佐山の誘拐、我妻殺し、一連の事件は同一犯による犯行と考えているんです」

「おれだってそうだ」

三つの事件を通じ、と俊は片目をつぶった。

「彼女は犯人の心理を完璧にトレースしたんでしょう。犯人の行動原理は正義の実現で、そのために躍起になっています。佐山を生かしているのは、ぼくも予想していました。脅《おど》しか拷問か、いずれにしても佐山は森下総理の音声ファイルが自宅にあると吐いたでしょう。それを知っていると示すため、犯人は黒く塗ったワイシャツの襟を送り付けたんです」

水無月は犯人の心理に則《のっと》って次の行動を予測したんでしょう、と俊は言った。

「そんなことをしても、警戒されるだけだろう」

それが犯人の狙いです、と俊はまばたきをした。

「国会議員を辞職した佐山は私人に過ぎません。誘拐されても、森下総理は表立って動けないんです。何が起きた、とマスコミが騒ぐのは目に見えてますからね」

「そうだろうな」

「音声ファイルを回収しないと危険だ、と森下総理は考えるでしょう。警察庁のキャリアを佐山の自宅に派遣し、音声ファイルの捜索を命じる他に打つ手はありません。音声ファイルを見つけたキャリアは、それを持ち出します。ただ、極秘任務ですから警備はつきません。犯人は移動中のキャリアを襲い、音声ファイルを奪うつもりです」

「自分ではできないから、警察庁キャリアを利用するってことか?」

何て野郎だ、と川名が呻いた。音声ファイルは裏金作りの決定的な証拠になります、と俊は言った。

「その告発こそが、犯人の考える正義の実現ですよ。音声ファイルの捜索は森下総理、警察庁長官、派遣されるキャリア以外、誰も知らない任務です。警察庁も知らぬ存ぜぬを通すでしょう。高槻理事官も察しただけで、確実とは言えないから言葉を濁したんだと思います。ただ、音声ファイルが見つかるのか、そこは何とも言えませんが」

ＵＳＢであれカードリーダーであれ、と川名が顔の前で親指と人差し指を数センチ離した。

「極小タイプなら二センチ角の商品もある。どこにだって隠せるし、佐山の自宅には捜査一課の刑事やＳＩＴ（特殊犯罪捜査係）の交渉人がいる。連中の目の前で家捜《やさが》しするわけにもいかないから、見つけるのは難しいだろうな……数日中に何かが起きると水無月は言ってたが、また誰かが殺されるのか？　お前のリストだと、誰が狙われる？」

わかりません、と俊はため息をついた。

「ターゲットを決めるのはネット民で、特定はできません。警備部が対象をガードすると聞きましたが、次の殺人を止めるのは難しいでしょう」

班長に連絡しろ、と川名が通話を切った。ひとつため息をついてから、吉川班長に電話、と俊はアクア2に命じた。

3

「寝てないのか？」

一夜が明けた六月十九日の朝七時、ＰＩＴルームに入った俊に、吉川が声をかけた。自席で杏菜が不安げな眼差《まなざ》しを向けていた。

「少しは休んだ方がいいぞ」

昨日連絡した件ですが、と俊はアクア2を吉川のデスクに近づけた。

「上は何と言ってましたか？」

パソコンのキーボードを叩いていた浪岡が動きを止めた。川名と千秋はまだ来ていない。

「何も聞いていないと慌てていたよ。刑事部長経由で警察庁に問い合わせたが、回答はなかった。だが、佐山の自宅に詰めている刑事から、連絡要員として警察庁キャリアが来た、と報告があった。君の予想通りってわけだ」

「そうですか」

キャリアは佐山の妻と二人だけで話していたそうだ、と吉川が話を続けた。

「音声ファイルの隠し場所を調べているんだろう。まだ見つけてはいないようだが、一課長は犯人逮捕のチャンスと捉えている。佐山の自宅を見張っていないと、犯人は音声ファイルを持ち出したキャリアを襲撃できない。つまり、自宅近くにいると考えていい」

「はい」

「犯人の体格は判明している。現れれば逮捕できるだろう。だが、逮捕のリスクを冒して、犯人が音声ファイルを奪いに来るかな？」

犯人の目的は彼にとっての正義の実現です、と俊は言った。

「そのためなら何でもしますよ。彼は既に二人を殺しています。相手が警察庁キャリアでも関係ありません」

水無月はどうやって犯人の心理を読んだのか、と吉川が首を傾げた。

「彼女は優秀なプロファイラーだ。それは私も認めている。だが、一連の事件に関して、情報量は少ないはずだ。それなのに、的確に犯人の動きを予測している。川名くんが情報漏れを疑っていると話していたな？　あり得ないが、そうとしか考えられないのも確かだ」

おそらくですが、と俊は声を低くした。

「水無月は犯人を知っています。彼女が取り調べを担当した者、プロファイリングした者、もしくは医師として診察や治療をした者、そのいずれかでしょう。そうでなければ、犯人の心理を読み切れるはずがありません」

彼女が直接取り調べを担当したことはない、と吉川が首を捻った。

「警察官としての経験がほぼないままPITの班長になったが、あれは特例だ。本来、彼女の任務は精神分析の手法を使ったプロファイリングによる犯人の分析で、刑事として現場に臨場することじゃない」

「では、プロファイリングした者、もしくは彼女の患者です」

厄介だな、と吉川が肩をすくめた。

「水無月はプロファイラーとして、殺人、傷害はもとより、時には二課や三課の要請を受けて、知能犯、窃盗犯、そして捜査共助課では指名手配犯、広域重要事件手配犯を含め、約三千人のプロファイリングを手掛けていた。その一人が一連の事件の犯人だとしても、特定はできない。逃亡の直前、水無月は電子カルテのデータを破棄していた。精神分析官として何人の患者を診ていたか、それさえ正確にわかっていないんだ」

「それでも調べるしかないと――」

内線電話が鳴り、吉川が受話器を取った。一瞬で、その顔が青くなった。

「待ってください……確かですか？」

受話器を耳に当てたまま、吉川がデスクのメモに〝白坂英喜〟と名前を書いた。

「チップ？　何のことです？」

吉川の問いに、闇カジノ、と受話器から漏れる低い声が俊にも聞こえた。受話器を置いた吉川のこめかみに、一筋の汗が伝っていた。

「白坂英喜《しらさかひでき》……元検事長ですか？」

杏菜が立ち上がった。死体が見つかった、と吉川が額を指で押さえた。

「都電荒川線《とでんあらかわ》、滝野川《たきのがわ》停留場近くの公園だ。白坂の自宅は成城《せいじょう》にある。なぜ、そんなところに……次期検事総長と目されていた白坂が辞職したのは、君たちも知ってるな？」

違法カジノ店に出入りしていたと週刊誌が報じたからです、と俊は答えた。

「過去五年以上にわたり、月に数回の頻度でギャンブルに興じていたと続報が出て、辞職に追い込まれました。検察官は法の番人で、そのトップが闇カジノの常連ではまずいでしょう」

犯人もそう考えたんだろう、と吉川がぽつりと言った。

「死体の周りに、カジノで使うチップがばらまかれていた。四十分ほど前、近隣住民が死体を発見、警察に通報したが、やじ馬が新聞社に電話したらしい。東滝野川署が捜査を始める前に、マスコミが現場に来ていたそうだ」

佐山を含め四人目です、と俊は片目をつぶった。昼までに初動捜査の結果が入る、と吉川が言った。

「マスコミはもちろんだが、ネットが騒ぐのは目に見えている……面倒なことになるぞ」

「検事を辞めた後、白坂は何を？」

「ヤメ検として法律事務所を開いたそうだ。いくつかの大企業の顧問弁護士を務めていると聞いた」

犯人のターゲットにふさわしい男ですね、と俊は言った。また内線が鳴り、素早く吉川が受話器を取った。

Chapter 7 囮捜査

1

見えるか、とパソコンから川名の声がした。画面に数十枚のゲーム用チップが映っていた。

川名が小型のウェアラブルカメラを手持ちで撮影している。少し離れてください、と俊は言った。

「白坂の死体はどこです？」

川名がカメラを右に振ると、背広を着た男がうつぶせで倒れていた。両手を前に出し、右手の先が名刺を摑んでいた。

白坂英喜元検事長様だ、と川名の舌打ちが聞こえた。

「現場は北区滝野川停留場に近い児童公園で、白坂の死体を見つけたのは近所に住むサラリーマン。時間は午前六時五十分、東滝野川署と機捜《きそう》が現着し、それに本庁の一課六係が続いた」

川名がカメラを後ろに向けると、私服刑事と青いブルゾンの鑑識課員、十人ほどの制服警察官が映った。

立ち入り禁止の黄色いテープの外に、スマホを掲げた普段着の男女、そしてマスコミの記者が並んでいた。

「死因は？　殺された時間は？　その公園で殺されたんですか？」

ぽんぽん聞くな、と川名が俊の問いを遮った。

「おれも五分前に着いたばかりだ。六係の連中が来たのは三十分前で、まだ詳しいことはわからん。最初に現着したのは東滝野川署の刑事で、死体が持っていた名刺で白坂だとわかり、駆けつけた機捜にそれを伝えた。救急隊員が死亡を確認したが、死亡時刻は深夜二時前後、見える範囲に外傷はない。それ以上は何とも言えん」

六係からＰＩＴに連絡が入ったのは午前七時半過ぎだ。一連の事件と手口が似ていると報告があり、吉川の指示で川名と杏菜が現場に向かった。

「川名さんの刑事の勘はどうです？　センサーは働いてますか？」

怒らせたいのか、と川名がカメラに顔を向けて唸り声を上げた。

「着衣に乱れはなく、乱暴された痕跡もない。刺殺や撲殺じゃなさそうだな。扼殺も考えにくい。ありそうなのは毒殺だが、検視官が来るまで触るなと命じられた。解剖の結果を待つしかない」

「他の場所で殺され、そこへ運ばれたんですか？」

たぶんな、と川名が後ずさった。公園の全体像がパソコンの画面に映ったが、俊の想像より広かった。

「児童公園ですよね？」

川名がカメラを横に向けた。滝野川第一児童公園、と記された看板があった。

「名称はそうなってるが、子供専用ってわけじゃない。見ればわかるだろ？　都道と国道に挟まれ、出入り口はそれぞれに二カ所、トータルで四つある。二十四時間誰でも入れるが、照明があるのは出入り口の近くだけで、夜はほとんど誰も来ない。滝野川停留場まで歩いて七、八分、公園の周辺に店舗はない。都会のエアポケットだな。犯人もうまい場所を見つけたもんだ」

俊は別窓に映っている丸いチップに目をやった。拡大、と小声で命じると、表面に印刷された数字が見えた。

「川名さん、チップに百ドルと書いてありますね。コマミ、と社名が入っていますが、子供用のボードゲームで使うチップですか？」

間違いない、と川名が言った。

「白坂は闇カジノの常連だったから、その暗示だろう。ギャンブル依存症の検事長様だ。だから、おれは検事が嫌いなんだ。この国の司法は終わってるよ」

白坂は最悪だ、と川名が吐き捨てた。

「その辺のサラリーマンが賭けマージャンをやるのはいいさ。庶民の娯楽に口を出すほど、警察は野暮じゃない。ゴルフでも何でも、いくらかは金を賭けるもんだ。だが、検事が法律を破ったら、秩序もルールもない。闇カジノに出入りする検事長なんて、あり得んよ」

「そうですね」

白坂のギャンブル癖は有名だった、と川名が肩をすくめた。

「警察も情報を摑んでいたが、触れるな、とトップダウンで命じられていた。週刊誌が記事にしたのは、内部告発があったからだ。それでも、退職金は満額出ている。サラリーマンが博打《ばくち》で捕まったら、どんな会社でも懲戒解雇だ。検事だけは特別ルールか？　ふざけた野郎だよ」

声が大きいですと言った俊に、別にいいさ、と川名が笑った。

「こっちは地方公務員の巡査部長で、どう転んでも警察署の副署長止まりだ。偉い人の悪口ぐらい言わせろ」

「公園の近くに防犯カメラはありますか？」

調べたが、と川名がカメラを真後ろに向けた。

「滝野川停留場側の出入り口に防犯カメラがある。だが、反対側にはない。信号機は百メートルほど離れているし、交通量が多いから、犯人の車が映っていても簡単には特定できないだろう。二、三日かかるんじゃないか？　どうせ盗難車だ。車だけじゃ何もわからん」

浪岡、と俊は声をかけた。

「滝野川停留場付近の防犯カメラ映像をすべて集めてくれ。昨日の夜十時から今朝六時までの八時間だ。犯人は白坂の死体を児童公園に遺棄している。近くまで車で来たはずだが、そのまま公園内に担いで運んだとは思えない。大型のスーツケースに死体を詰め込んでいた可能性が高い」

公園の防犯カメラは停留場側の出入り口にしかないんですよね、と浪岡が眉をひそめた。

「一連の事件と同一犯なら、下見をして防犯カメラを確認したでしょう。反対側の出入り口から死体を運び入れたら、カメラには映りません」

犯人が公園の近くに車を停めたのは確かだ、と俊は言った。

「白坂の死体を運び入れ、辺りにチップをばらまき、手に名刺を持たせた。問題は車をどこに停めたかだ。路駐したと思うか？」

近くのコインパーキングでしょうね、と浪岡がパソコン画面を指さした。

「犯人の演出が五分で終わったとは思えません。公園は駅に近いので、巡回警察官に路駐した車が見つかると面倒なことになります」

それは犯人もわかっていた、と俊はまばたきをした。コインパーキングには、と浪岡が顔を向けた。

「防犯カメラがあります。犯人が後部座席、またはトランクから死体が入ったスーツケースを取り出せば、その姿が映っているでしょう。ただ、ぼくもコインパーキングの防犯カメラにはアクセスできません。都道沿いの信号機に設置されている警視庁の防犯カメラが数台ありますが、一番近くても百メートル先ですから、映っている可能性は低いですよ」

もうひとつ犯人の車を特定する方法がある、と俊は片目をつぶった。

「犯人は児童公園を挟む都道、もしくは国道を走っていた。全車両のナンバーをピックアップして、関東運輸局《かんとううんゆ》に伝えてくれ」

「関東運輸局？」

昔の陸運局《りくうん》だ、と俊は言った。

「ナンバーで所有者がわかる。犯人は盗んだ車を使ったはずだが、大きな道路を何台も盗難車が走っているわけがない。二つの方法で犯人の車を探せば、必ず特定できる」

大きく息を吐いた浪岡がマウスをクリックした。

俊はパソコンの別窓に映っている白坂の死体を見つめた。頬を一匹の蟻《あり》が這《は》っていた。

2

午後四時、ＰＩＴルームで会議が始まった。白坂の死因だが、と吉川が口を開いた。

「窒息死だと報告があった」

絞殺ですかと質問した千秋に、違う、と吉川が首を振った。

「マージャンの点棒《てんぼう》はわかるか？　プラスチック製で、長さ六センチぐらいの棒だ。白坂の喉の奥から、その束が出てきた。手足を拘束した上で、犯人が突っ込んだんだ。鼻はサイコロで塞がれ、口の中は血だらけだった、と捜査を指揮している小曽根《こそね》警部が話していた。気道を塞がれ、呼吸ができないまま死んだんだ」

犯人の狙いはわかります、と川名がうなずいた。

「白坂は闇カジノ以外にも、賭けマージャンの常連者でした。それを匂わせるための演出でしょう」

警察庁がネットを調べている、と吉川がため息をついた。

「白坂の名誉を毀損《きそん》する恐れがあるからで、X、YouTubeなど、SNSの運営元も自主規制を考慮していると聞いた。白坂元検事長が賭博の常習犯だったのは確かだが、だから殺していいわけじゃない。よくやった、と称賛のポストをするのは間違っている」

長谷部一課長は円谷、我妻事件と同一犯と見ている、と吉川が話を続けた。

「佐山の誘拐もそうだろう。しかし……今日は六月十九日、佐山が誘拐されたのは先週の十二日で、七日が経っている。佐山の自宅に刑事が入ったのは十三日の夜だが、犯人からの連絡はない。生きているのか、殺されたのか、それも不明だ」

生きています、と俊は吉川を見つめた。

「犯人の目的は森下総理が裏金関連の資料に黒塗りを指示した、と佐山に語らせることです。森下総理の関与を明らかにできるのは佐山しかいません」

仮にですが、と杏菜が俊に顔を向けた。

「森下総理に命令されたと佐山が証言する映像を犯人がYouTubeで配信しても、それは強制による自白と同じです。真実を暴くための誘拐？　そんな理屈は通りません」

マスコミの論調も同情的になる、と川名が腕組みをした。

「佐山は誘拐された被害者で、悪くは書けない。犯人はそんなことも読めないのか？　佐山を殺せば誰も擁護しない。馬鹿な奴だ」

犯人は佐山のワイシャツを練馬区のポストに投函《とうかん》しています、と浪岡が手を挙げた。

「監禁してるんですよね？　ポストを調べたら、場所がわかるのでは？」

見つかるわけないだろう、と川名が呆《あき》れ顔で言った。

「口にガムテープを貼り、マンションの浴室に閉じ込めておけばいいだけだ。佐山は非力で小柄な男だ。練馬のポストの周りにあるマンションを全部調べろっていうのか？　どれだけ部屋があると思ってるんだ？」

しばらく沈黙が続いた。円谷殺しだが、と吉川が咳払いをした。

「蒼井の指摘に基づき、三係が盗難自転車を捜したところ、今日の昼、神宮《じんぐう》球場の近くでHILANDのロードバイクが見つかった。ハンドルはパーツごと交換され、ボディもスプレーで色を塗り替えられていた」

「それで？」

「その二時間前、クラウンの所有者、平川が住むマンションの近くに停まっていたHILANDのロードバイクをSSBCが見つけた。走行中の車にドライブレコーダーに映っていたんだ。映像を解析すれば、犯人の顔がわかるかもしれない。だが、作業には時間がかかる」

急がないとまた犠牲者が出ます、と杏菜がデスクのファイルに手を置いた。

「殺害される可能性がある者は五十人以上います。今夜中に次の殺人が起きてもおかしくありません」

公人には一課長名で警告済みだ、と吉川が言った。

「必要なら警備もすると伝えたが、回答はなかった。彼ら彼女らはSNS上のヘイトコメント、セクハラやパワハラ、モラハラを叩かれても、自分は正しい、謝罪の必要はない、と主張している。今さら、守ってくださいとは言えないだろう」

班長、と川名が声をかけた。

「ネットで炎上が続いていた三人の男女が殺され、佐山も誘拐されています。蒼井が作ったリストでも円谷と佐山、そして我妻と白坂はトップ20に入っていました。犯人が次に狙うのも、リストの上位にいる者でしょう。全員を監視してはどうです？　不審者が現れたら――」

それだけで逮捕はできない、と吉川が言った。

「職質しても、証拠がなければどうにもならない。監視と言うが、対象は五十人以上だぞ？　警視庁にそこまでのマンパワーはない」

待ってください、と俊は左右に目を向けた。

「前にも言いましたが、水無月は犯人を知っています。過去に彼女と何らかの関係があった者で、プロファイリングの対象者か患者でしょう。警察が持っていない情報があるから、犯人を特定できるんです。もちろん、確実ではないかもしれませんが……捜査は行き詰まっていますし、時間もありません。水無月を説得して、名前を聞き出します」

どうやってだ、と吉川が首を傾げた。

「水無月とは何度も捜査会議で顔を合わせたことがある。一〇〇パーセントの自信がなければ、意見を言わなかったのを覚えている。説得が通じる相手じゃないだろう」

正面突破します、と俊はまばたきをした。うまくいけばいいんだが、と吉川が眉間に皺を寄せた。

3

夜七時半、俊は杏菜と警視庁本部庁舎別館を出た。介護タクシーに乗ると、五分でマンションに着いた。

待っていたヘルパーが手早く着替えを介助した。食事はいらない、と俊は断った。食欲がなかった。

入れ替わりで部屋に入った杏菜が窓に近づき、外に目をやった。

「水無月がどうやってぼくを監視しているのかわからないが、見つかるような真似はしないさ。構わない、すぐにでも電話があるだろう」

杏菜が丸椅子に座ると、発信者不明、とスピーカーホンから合成音声が流れ出した。

『電話に出ますか？』

出る、と俊が答えると、遅かったわね、と玲の声がした。

「ＳＳＢＣにいた方がよかったかもしれない。捜査支援部署は定時で帰れるけど、ＰＩＴは捜査に加わることもあるから、どうしても時間が不規則になる」

「ＰＩＴに戻りたかったわけじゃありません。あなたのような犯罪者がいるから、四肢麻痺のぼくが駆り出されたんです」

皮肉がうまくなったわね、と玲が笑った。

「元気な証拠よ。安心した」

「そんなにぼくが心配なら、会った方が早いんじゃないですか？　電話より、顔を見て話す方がいいと思いますけどね」

わたしもあなたに会いたい、と玲が言った。

「コミュニケーションには、声以外に顔の情報も不可欠よ。人間は嘘をつく。でも、表情はごまかせない。会って話した方がいいけど、今は無理ね」

「のんびりお喋《しゃべ》りを楽しむ暇はありません。元検事長の白坂が殺されたのは知ってますか？」

「ニュースで見た。ネットも大騒ぎしている」

「水無月さん、犯人に心当たりがあるんでしょう？」

答えられない、と玲が声を低くした。

「犯人がわたしに執着するのは、過去に何らかの関係があったからよ。でも、執着心の理由がわからない。愛情なのか憧憬なのか、恨みなのか憎悪なのか……それによって答えは違ってくる」

「警察への情報提供は市民の義務です」

「医師には患者に対する責任がある。事件と無関係な患者の名前を言うわけにはいかない。精神科医は患者のデリケートな情報を知っている。彼ら、彼女らはわたしを信頼して、すべてを話してくれた。裏切るわけにはいかない」

「殺人ですよ？　裏切りも何もないでしょう」

「殺人者にもモラルはある。少なくとも、わたしにはね」

俊は大きく息を吸い、ゆっくりと吐いた。落ち着きなさい、と励ますように玲が言った。

「怒鳴ったところで、何も解決しない。他にも理由がある。一度しか会っていない患者の名前や顔は記憶が曖昧だし、無理に名前を挙げても捜査が混乱するだけ」

「ですが――」

土足で踏み込まれる市民の感情を考えなさい、と玲が鋭い声で言った。

「誰にでも思い出したくない過去がある。事件と無関係な人たちにとって、それは苦痛以外の何物でもない。心の傷は体の傷と同じで、犯人逮捕のためなら何をしても構わないと思っているなら、大きな間違いよ」

あなたはいつでも上から物を言いますね、と俊はため息をついた。

「では、ぼくに対する責任はどうなるんです？　あなたが反省、あるいは後悔しても、出頭して刑に服しても、ぼくは死ぬまで指一本動かせないんです。医師の責任の前に、人間としての責任があるはずです」

玲に策は通じない、と俊はわかっていた。

玲は俊を四肢麻痺にした責任を感じている。それを担保にすれば犯人の情報を渡す、と俊は信じていた。

しばらく沈黙が続き、春野、と玲が囁いた。部屋に杏菜がいるのは、最初からわかっていたようだ。

「タブレットは？」

あります、と杏菜が答えた。検索しなさい、と玲が命じた。

「ミヤハラカズオ、二十九歳、元ホスト。お宮の宮に野原の原、数字の一に男よ」

タブレットのキーボードに指をかけた杏菜が、宮原、とつぶやいた。

「山手線車内での喫煙を高校生に注意され、逆切れして暴行を加えた男ですか？」

二年前よ、と玲が言った。

「蒼井くんは覚えている？」

いいえ、と俊は口を尖らせた。

「その頃、ぼくはICU病棟にいました。ニュースも見ていません」

一昨年の五月末、と玲がため息をついた。

「山手線の車内で優先席に寝そべったまま煙草《たばこ》を吸っている男がいた。どうかしているとしか思えないけど、どう見ても半グレで、誰も制止できなかった。勇気を奮って注意した高校生を男は顎の骨が折れるまで殴り、恵比寿《えびす》駅でホームに引きずり下ろし、土下座させた。高校生にとってどれだけの屈辱だったかわかる？」

「酷い話ですね」

「その後も男は暴行を加え、高校生の肋骨《ろっこつ》を二本折った。駆けつけた駅員に取り押さえられるまで、止めなかった」

「半グレでもそこまでしませんよ」

「高校生の態度が生意気だった、先に殴られた、正当防衛だと宮原は裁判で主張したけど、認められるはずもない。でも、最後まで謝罪も反省の言葉もなかった。判決は懲役二年の実刑だった」

杏菜がタブレットを向けた。待ってください、と俊は画面の新聞記事に目をやった。

「宮原は暴行を加えた高校生の腫れ上がった顔をスマホで撮影、写真を知人女性に送っているんですか？　取り調べの際には検事に暴言を吐き、法廷でも裁判官を脅した……最低の男ですね」

手がつけられないほど態度が悪かった、と玲が言った。

「犯人が次に狙うのは宮原の可能性が高い」

「宮原一男は出所してるんですか？」

二ヶ月前です、と杏菜がタブレットを指した。

「宮原は三年前に奈良から上京、新宿歌舞伎町のホストクラブに勤めた直後、高校生暴行事件を起こしました。出所すると昔の仲間を頼ってホストに復帰を試みたが、どの店も相手にしなかった、と記事にあります」

頭の悪い輩《やから》を雇うオーナーはいない、と玲が言った。

「暴行事件は店のイメージを落とす。トラブルメーカーとの係《かか》わりは断つしかない……蒼井くん、被害者の高校生は今もフラッシュバックに悩まされている。宮原は常習的な暴力行為でホスト仲間や客から嫌われていた。二年の懲役は長い？　それとも短い？」

「短すぎます」

ネット民もそう考えた、と玲が言った。

「二年の懲役では罪に見合わない、とあっという間に実家の住所、両親の名前、職業が晒された」

「そうですか」

「一連の事件の犯人は自分でターゲットを決められない。宮原は誰からも憎まれ、死ねと罵られた。だから、宮原を選ぶ。数日後には死体が見つかるでしょう。それならそれで構わない。不快な男がわたしと同じ空気を吸っているなんて、耐えられない」

「あなたの冗談は笑えません。最悪の男だから殺していいわけじゃないんです」

「ご立派ね。そう考えるなら、宮原を保護した方がいい」

春野、と俊は杏菜に目をやった。

「宮原はどこにいる？」

杏菜がタブレットをスワイプしたが、わかりません、と首を振るだけだった。

水無月さん、と声をかけた俊に、知るわけないでしょう、と玲が小さく笑った。

「馬鹿な粗暴犯の所在を調べるほど、暇じゃないつもりよ。どうやって捜せと？　両親は息子と縁を切ったと喚くだけ。子が子なら、親も親ね……警察が捜すしかない」

待ってください、と杏菜が言った。

「宮原の所在がわかれば、彼の周辺を見張り、現れた連続殺人犯を逮捕できます。水無月さん、何か知っているなら話してください」

「犯人が宮原を殺すまで待った方がいい。逮捕はそれからでも遅くない」

「いいかげんにしてください！　それは囮《おとり》捜査になります。宮原が殺されたら――」

警察官にとって正義とは何か、と玲が言った。

「きれいごとでは社会から犯罪を一掃できない。春野もそれは認めるでしょう？　毒をもって毒を制すべきよ。前から、あなたのことが心配だった。責任感が強く、優秀で熱心な警察官だから、心の傷が深くなる。警察の仕事に、真剣に向き合う価値なんてない。今のスタンスを貫いていれば、いずれ上層部と衝突して辞めるしかなくなる」

杏菜が視線を逸らした。宮原は人間の屑よ、と玲が言った。

「囮に使うにはもってこいで、あの男が死んでも悲しむ者はいない。両親からも見放されてるのよ？」

「警察は囮捜査をしません。宮原が殺されたら、そのまま警視庁の汚点になります」

「犯人が宮原を殺せば、余罪の追及が容易になる。どこにいるか教えたくても、わたしにはデータがない」

通話が切れた。宮原が勤務していたホストクラブのオーナーの連絡先がわかりました、と杏菜が言った。

「吉川班長に報告して、捜索を要請すれば――」

待て、と俊はまばたきを繰り返した。

「所在不明なままでは、保護も何もない。まずはそこを調べる必要があるが、警察が宮原の周りにいるとわかれば、犯人は他のターゲットを狙う。水無月が宮原の名前を出したのはぼくに借りの意識があるからで、次はないだろう。それなら、宮原を使った方がいい」

何を言ってるんです、と杏菜が足で床を蹴った。

「万一のことがあったら、蒼井さんに責任が取れるんですか?」

宮原が殺されてもいいとは言っていない、と俊は苦笑した。

「水無月と一緒にするな。居場所を突き止めて、監視するんだ」

「でも……」

今までの被害者と宮原は違う、と俊は言った。

「円谷はある種のオタクで、佐山と白坂は六十歳前後、我妻は女性だ。力が弱いのが共通点で、襲われても抵抗できなかっただろう。だが、宮原は粗暴な男だ。それは犯人もわかっている。スタンガン、催涙スプレー、武器類を準備しているはずだ。不審な男が現れたら、職務質問すればいい。犯人が宮原に近づけば、必ず逮捕できる」

吉川班長と話します、と杏菜がスマホを取り出した。俊は目をつぶり、小さく息を吐いた。

Chapter 8 第五のターゲット

1

翌朝七時、俊がＰＩＴルームに入ると、吉川と話していた川名が振り返った。

「昨日、なぜ電話に出なかった？」

すいません、と俊は目を伏せた。

「事件について考えてるうちに、つい……水無月から連絡があり、数日以内に犯人が次のターゲットを殺す、と話していました。それは吉川班長に報告済みです。彼女はターゲットを宮原一男と予想していますが、他にも狙われる可能性がある者がいます。宮原だとしても、どこにいるか不明で、それは春野に調べさせていますが、何かわかり次第、連絡が入ることに――」

「おれに言えばいいだろう」

川名さんを顎で使うわけにはいきません、と俊は言った。

「水無月は犯人を過小評価していますが、ぼくは違います。奴は周到に準備を重ね、殺人、そして誘拐を決行しています。円谷や我妻はともかく、白坂は元検事長ですよ？　隙はなかったでしょう。それでも犯人はチャンスを待ち、殺害に成功しました。自制心と忍耐力を兼ね備えた男です。厄介な相手だと思いますね」

犯人は白坂の行動パターンを調べただろう、と吉川が腕を組んだ。

「六月十九日の夜九時過ぎ、成城学園《せいじょうがくえん》駅近くの喫茶店でコーヒーを飲んでいた白坂を店主が見ていた。自宅までは一キロ弱、今のところ、白坂を映した防犯カメラは見つかっていない。どこで、どうやって拉致したかはまだ不明だ」

車ですよ、と川名が口を歪めた。

「徐行レベルのスピードで車を走らせ、わざと白坂に接触した。大丈夫ですかと心配するふりをして近づき、スタンガンで意識を奪い、そのまま車に乗せて殺害現場へ運ぶ……変質者がよく使う手です」

目撃者がいないと見定め、と川名が先を続けた。

「白坂を拉致したんでしょう。何日も見張っていたのかもしれません。忍耐強い犯罪者は珍しいですが、いないわけじゃないんです」

白坂が殺されたのは十九日深夜二時前後、死体が発見されたのは約五時間後の朝七時だ、と吉川が言った。

「それ以降動きはないが、次の殺人の準備をしているんだろう。マスコミはもちろん、ネットも警察批判のコメントばかりだ……蒼井、君のリストを見た。五十人の名前を挙げていたな」

あくまでも目安です、と俊は言った。

「犯人も上から順に殺してはいません。ターゲットになり得る者は百人以上います」

「犯人が次に狙うのは誰だ？」

何とも言えません、と俊はまばたきを繰り返した。

「ぼくのリストだと宮原は四位です。犯人もターゲットに想定しているでしょう。ただ、春野にも話しましたが、宮原の周囲に刑事がいるとわかれば、犯人はターゲットを変えます。決定権があるのは犯人で、警察にとっては不利な状況です」

ゲームみたいに言うな、と川名がデスクを平手で叩いた。大きな音に、浪岡と千秋が顔を上げた。

「蒼井、事件は遊びじゃない。不利な状況だと？　ふざけてるのか？」

止めてください、と俊は言った。

「言葉尻を捕らえて難癖をつけられても困ります」

話にならん、と川名が椅子に座った。いいかげんにしろ、と吉川がため息をついた。

「内輪揉めしてどうする……昨夜の捜査会議で、編成の変更が決まった。円谷、我妻、白坂、三つの殺人は捜査一課の各係がそれぞれの所轄署に捜査本部を設置し、同一犯の犯行として捜査する。PITはそれを支援するが、佐山の誘拐は直接捜査に加わる。指揮を執るSITの遠野《とおの》警部は佐山が生きていると考え、救出を最優先にすると方針を決めた。だが、犯人からの連絡はおろか、手掛かりは何もない。佐山の発見を急げと命じられたが、どう手を打てばいいんだ？」

犯人からの連絡がないのは当然です、と俊は言った。

「犯人の狙いは佐山が自宅に隠している音声ファイルで、誘拐は森下総理を揺さぶるための手段に過ぎません。警察庁キャリアが佐山の自宅に入ったと聞いています。音声ファイルは見つかったんですか？」

まだだ、と吉川が顔をしかめた。その方がいいかもしれません、と俊は言った。

「音声ファイルを見つけたら、それを持ち出したキャリアを犯人は襲撃するでしょう。音声ファイルを奪えば、用済みになった佐山は殺されます。でも、現状では取引材料になる佐山を生かしておくと――」

春野刑事から入電、とアクア2のヘッドレストのスピーカーから合成音声が流れ出した。ぼくだ、と俊は電話に出た。

2

宮原ですが、と前置き抜きで杏菜が報告を始めた。

「彼が勤めていたホストクラブのホスト数人に話を聞きました」

続けてくれ、と俊は促した。宮原には女がいます、と杏菜が言った。

「例の暴行事件の前から、宮原と関係を持っていたそうです。サッシー化粧品に勤務していた粕屋《かすや》加代子《かよこ》、二十七歳。ホストクラブの客で、裁判では宮原の更生に協力すると証言しました」

「勤務していた？　どうして業界最大手の化粧品会社を辞めたんだ？」

今は吉原《よしわら》の風俗店で働いています、と杏菜が声を低くした。舌打ちした川名が眉間に皺を寄せた。

「宮原の判決が懲役二年になったのは、粕屋が被害者の高校生に五百万円の慰謝料を渡したためです」

「金で済む問題じゃないだろう」

「宮原を更生させるという粕屋の訴えに、裁判官や裁判員が減刑を考えたのは確かです。でも、粕屋はまだ二十五歳で、彼女にとって五百万円は大金でした」

「右から左に用意できる金額じゃないな」

消費者金融から借りた金で粕屋は慰謝料を支払いました、と杏菜が説明した。

「ですが、宮原に他にも借金があるとわかり、その返済も肩代わりすることになったそうです。どうにもならないまま会社を辞め、ソープランドで働いている、とホスト仲間が話していました」

絵に描いたような話だな、と川名はつぶやいた。

「ホストに入れあげる女は多いが、無茶もいいところだ。利用されていると気づかないまま騙される……哀れだな」

「宮原がどこにいるか、粕屋は知ってるのか？」

俊の問いに、彼女と電話で話しました、と杏菜が言った。

「出所後、一週間ほど彼女のマンションにいたが、ケンカになって出て行った、どこにいるかは知らないと……仲間のホストの話では、宮原は別の女と暮らしているようです。暴力事件を起こす前、十代のモデルを落としたと自慢していたのを聞いたそうです。名前まではわかりませんが……」

「モデルを落とした？」

「西麻布《にしあざぶ》のアーバンナイトというクラブで、そこのモデルを口説いたそうです。店に電話を入れましたが、誰も出ません」

クラブの営業時間は夜八時頃から翌朝五時前後だ、と俊はパソコン画面の数字に目をやった。午前七時十五分、と表示されていた。

「この時間、店に従業員はいないだろう。だが、運営している会社があるはずだ。こっちで調べるから、君はＰＩＴルームに戻れ」

了解です、と杏菜が通話を切った。浪岡、と俊は声をかけた。

「西麻布のアーバンナイトの運営会社の連絡先を検索してくれ」

無言で浪岡がパソコンのキーボードを叩いた。俊はゆっくりと目を閉じた。

3

午前九時、外食チェーンストア、モンスクーン社の総務課長と浪岡がコンタクトを取り、アーバンナイトの支配人に連絡を入れたが、携帯電話の電源はオフになっていた。完全な昼夜逆転生活なので、電源を切っているのだろう。

その後、六本木の支配人のマンションに向かった千秋から、インターフォンを鳴らしても応答がない、と連絡があった。

勤務明けにサウナへ行く習慣がある、と総務課長が言ったが、情報はそれだけだった。サウナで寝ている男を捜すのは難しい。

警視庁は傷害罪で逮捕された宮原の写真を保管していた。浪岡がアーバンナイト周辺の防犯カメラを調べると、午前四時過ぎ、アーバンナイトが入る雑居ビルのエントランスを出た宮原がタクシーを拾い、赤坂方面に向かったのがわかった。

ナンバーからタクシー会社に問い合わせると、午前四時十五分頃、大柄な男を乗せ、二十分後に乃木坂《のぎざか》に近い比良山《ひらやま》ハイツで降ろした、と運転手の証言が取れた。グレードの高い高級マンションだ。

吉川の報告を受け、一課五係から四人の刑事がマンションに向かい、正面エントランスと裏の非常口を見張ることになった。

その間、不動産会社を通じ、千秋が各部屋の賃貸名義人を調べた。二十代の女性は209号室の高野真奈《たかのまな》だけだった。

十代のモデルを落とした、と宮原は自慢していた。年齢が合うのは高野真奈しかいない。だが、比良山ハイツに警察が踏み込めば、SNSを通じて情報が拡散する。警察が監視しているとわかれば、犯人はハイツに近づかないだろう。

午前十一時、比良山ハイツを監視し、宮原が出てくれば尾行、現れた犯人を逮捕すると指揮を執る五係の樋川《ひかわ》警部が方針を決めた。

俊を含め、PIT班員はそれぞれのパソコンを見ていた。

二組に分かれた刑事が車から比良山ハイツを監視している。車載カメラが撮影した映像が、リアルタイムでパソコンの画面に流れていた。

一時間が経過した。動きはない、と無線から樋川警部の声がした。

「宮原の名前を出したのは水無月だと聞いたが、間違いないのか？　あの女はどうやって宮原の名前を割り出したんだ？」

水無月は犯人の正体を知ってます、と俊は言った。

「名前こそ言ってませんが、彼女がプロファイリングを行なったか、カウンセリングの対象だった男でしょう。彼女は犯人の心理や思考を分析し、完全に把握しています。そこから宮原を導き出したんです」

「信じられんね。それじゃ超能力じゃないか」

彼女も断定はしていません、と俊は片目をつぶった。

「ですが、警察のマンパワーは限られています。手当たり次第にリストの上位者を警護するわけにはいかないでしょう？　今は水無月の分析能力を信じるしかありません」

連続猟奇殺人犯のアドバイスか、と樋川が呻いた。

「そんな捜査は聞いたことがない。こっちとしては半信半疑だが、監視態勢は万全だ。犯人が現れたら、必ず逮捕する」

吉川のデスクの電話が鳴った。全員聞け、と高槻の声がＰＩＴルームに流れ出した。

4

「警視総監宛てに、犯人からメールが届いた」

どういうことですと尋ねた吉川に、佐山の件だ、と高槻が声を低くした。

「全員にメールを転送した。確認しろ」

メールを開いてと俊が指示すると、パソコンの別窓に新着メールが映った。裏金作りの資料を黒塗りにしたのは自分だが、指示したのは森下総理だったと佐山が証言した、と記されていた。

その後、二十行ほど黒塗りになっている、と高槻が舌打ちした。

「佐山が開示した文書と同じで、皮肉のつもりだろう。写真も添付されていた」

パソコンの画面が切り替わり、目を閉じたまま椅子に座っている佐山が映っていた。

生きているのか、と川名が囁いた。

「それとも……どうなんです？」

落ち着け、と高槻が苦笑した。

「写真は五点あり、そのうち二点では目を開けていた。今朝の東洋《とうよう》新聞を開く佐山も映っている。

生きていると考えていい」

顔に傷はありません、と杏菜が手を挙げた。

「乱暴された様子もないようです。証言、とメールにありますが、森下総理の関与があったと佐山は認めたんでしょうか？　でも、強要による自白は証拠になりません。犯人はそんなこともわからないんですか？」

メールの黒塗り部分だが、と高槻が言った。

「ところどころ文字が読める。四行目の〝音〟、七行目の〝声〟、八行目の〝ＰＣ〟、十四行目の〝本人〟……犯人は佐山の証言を録音したようだ。その音声をネットにアップするか、マスコミに渡すと匂わせている」

脅されてそう言ったと佐山は主張しますよ、と俊はまばたきを繰り返した。

「犯人は何を考えてるんだ？　これでは何の意味もない」

佐山を殺せば更に状況は悪化する、と吉川が言った。

「殺人犯がネットにアップした音声や動画を誰が信じる？　擁護する者もいない。こんなことをして、何の得があるんだ？」

どう思う、と川名が首を傾げた。何とも言えませんが、と俊は目を伏せた。

「このメールに脅迫の意図があるのは確かです。佐山の証言をネットにアップしたらどうなるかわかってるのか……焦った森下総理が動けば犯人の思う壺《つぼ》ですが、しばらくは様子を見るでしょう」

その時間こそが犯人の狙いなんじゃないか、と吉川が言った。

「ネットで佐山の証言が一人歩きすれば、森下総理、そして民自党にとって致命傷になる。内閣瓦解どころか、政権交代の危機だが……今、犯人は宮原を狙っている。逮捕すれば、佐山を救出できるし、音声の流出も防げる。宮原が動けば犯人も動く。それを待つしかない」

佐山が監禁されている場所を探りましょう、と俊は言った。

「この写真は室内で撮影され、バックには壁や椅子が映っています。壁の色、材質から内装業者を割り出せるでしょう。椅子の製造メーカーも調べがつくと思います」

やってみます、と浪岡がうなずいた。午後一時になっていた。

5

午後四時、比良山ハイツに動きがあった。宮原が外に出た、と監視中の刑事から連絡が入った。

「一課長の指示で、尾行を二人に減らした」

PITルームのスピーカーホンから、不満そうな樋川の声が流れ出した。

「監視を厳重にすると、犯人が気づくと考えたんだろう。逮捕しないと、佐山の音声ファイルがネットに流出する。上はその阻止で頭が一杯だ」

「宮原はどこに?」

吉川の問いに、タクシーで渋谷へ行ったよ、と樋川が答えた。

「その後、宇田川町《うだがわちょう》のパチンコ屋に入った。アーバンナイトの支配人と話したが、宮原は毎晩八時過ぎに店に来て、朝まで飲んでいるそうだ。パチンコはオープンまでの時間潰しだろう」

宇田川町のパチンコ屋ですが、と川名がマウスをクリックした。

「大きい店舗ですね。出入り口は六カ所、とホームページに案内があります。二人で監視するのは無理でしょう。見失ったらどうするんです?」

長谷部一課長に伝えたが、と樋川が舌打ちした。

「増員を検討する、と回答があっただけだ。やむを得ず、一人に宮原の近くでパチンコを打たせている。奴は犯人に狙われていると思っていないし、警察の尾行にも気づいていない。八時になればアーバンナイトに向かうだろう」

早く移動してほしいもんだ、と樋川が話を続けた。

「アーバンナイトは五階建ての雑居ビルの三階で、エレベーター一基と非常階段があるだけだ。あそこなら二人で監視できる。パチンコ屋の方が厄介だ……店は井の頭《いかしら》線渋谷駅西口改札と道玄坂《どうげんざか》の間にある。SSBCが駅改札の防犯カメラでパチンコ屋の出入り口を二つ押さえた。刑事の一人が宮原に張り付き、もう一人は東側の出入り口を見張っている。だが、道玄坂に面した北側はがら空きだ。あと三十分もすれば陽が沈む。道玄坂の信号機の防犯カメラは走行車両の撮影用で、パチンコ屋までは映らない」

自分が行きます、と川名が立ち上がった。

「宮原に何かあったらまずいでしょう」

こっちにも責任がある、と樋川が言った。

「五係から人は出せないが、宮下《みやした》公園前の交番から制服警察官を向かわせた。道玄坂の反対側からパチンコ屋を見張り、宮原が出てきたら連絡が入る。吉川班長、FAIに宮原の写真を入力すれば、動きを追えるんじゃないか?」

もうやってます、と俊は自分のパソコンに目をやった。

「ただ、宮原の追跡にはカメラが必要です。タクシーで移動したら、追跡できません」

そりゃそうだろう、と川名が苦笑を向けた。

「犯罪を止めるどころか、犯人の行く手を遮ることさえFAIにはできない。監視、尾行、逮捕、何の役にも立たない。お前が考えてるほど、捜査は簡単じゃないんだ」

議論をする暇はありません、と俊は言った。

「FAIは捜査支援のためのシステムで、犯人を逮捕するために作ったわけじゃないんです」

夜八時前後、宮原はタクシーでアーバンナイトに向かうだろう。クラブはフロアが暗い。

犯人が動くとすれば、アーバンナイトの店内か、閉店後、宮原が比良山ハイツに戻る時か、そのいずれかだ。

長期戦になるとわかっていたので、俊はヘルパーにキャンセルを伝え、連絡を待ち続けた。七時四十分、宮原がパチンコ屋を出た、と樋川の声がした。

「ウェアラブルカメラで、刑事が宮原を撮影している。映像は見えるか？」

はい、と吉川が答えた。パソコンの画面に、大柄な男の背中が映っていた。

「宮原は道玄坂にいる。タクシーを拾うようだ」

信号の手前にいた客待ちのタクシーが近づいた。宮原が乗り込むと、タクシーが走り出した。

「106号車、タクシーを追尾せよ」

樋川が覆面警察車両に指示を出した。

「距離を取れ。宮原の行き先はアーバンナイトだ。見失うな」

班長、と千秋がまっすぐ手を挙げた。

「Xに音声ファイルがアップされました。アカウントは乱数で、明らかに捨てアカです。アカウント名は、〝森下総理と佐山副大臣〟。別の捨てアカでも、同じタイトルが複数アップされています」

「いつアップされた？」

二分前です、と千秋がスマホに触れた。

「午後七時三十九分、と表示があります」

調べてくれ、と俊は浪岡に視線を向けた。誰がアップしたんだ、と首を傾げた吉川に、千秋がスマホのスピーカーホンをオンにした。

『この件が漏れたらまずいのは、君もわかるだろう?』

森下総理の声です、と杏菜が囁いた。岡山県出身の森下には独特なアクセントがあり、特徴的なダミ声は俊も聞き覚えがあった。

『総理のお立場は私も承知しています。ただ、私の裁量で資料を修正するわけには……』

佐山の声か、と辺りを見回した吉川に、杏菜が小さくうなずいた。

「佐山が誘拐された後、YouTubeで国会中継のアーカイブを見ました。自分が文書を修正した、と答弁していましたが、かなり高い声だったのを覚えています。間違いありません」

私の裁量ではできません、と佐山が繰り返した。難しいことじゃないだろう、と森下が声を低くした。

『関連資料を黒く塗るだけだ。マスコミが動いている。急いで手を打たないとまずい。この件が無事に済めば、総務大臣のポストを用意しよう。その後についても私が保証する。考える必要はないだろう』

『総理がそこまでおっしゃるなら――』

音声が途切れた。犯人が音声ファイルをアップした、と吉川が天井に目をやった。

「佐山はUSBを持ち歩いていたのか……犯人は脅してそれを奪ったんだろう」

発信者不明の電話、とアクア2の合成音声がヘッドレストのスピーカーから聞こえた。

出る、と俊は頭をヘッドレストに押し付けた。

「わたしよ」

水無月さん、と囁いた俊に、Xに森下総理と佐山の会話がアップされた、と玲が言った。

「知ってるわね?」

もちろんですと答えた俊に、声の間がおかしい、と玲が言った。

「森下に文書の黒塗りを指示された時、佐山が会話を録音したのは絶対と断言できる。佐山は用心深い性格だし、森下総理の意図に気づかないほど馬鹿じゃない。あの男には保険が必要だった」

「ぼくもそう思います」

「スマホのボイスメモ、ICレコーダー、何であれ会話は簡単に録音できる。でも、テレビのインタビュー番組じゃない。二人の真ん中にマイクを置いた? そんなわけないでしょう」

「はい」

「佐山は録音機材を背広かワイシャツの胸ポケットに隠していたと考えていい。その場合、佐山の声が大きくなる。相手は総理大臣よ? 膝を突き合わせて話すわけにはいかない。でも、テーブルをひとつ挟んだだけで、ボリュームには高低が出る。アップされた音声をすぐ調べて……もうひとつ、警察は宮原を監視しているはず」

「答えられません」

「宮原が動くのと同時に、Xで森下と佐山の会話がアップされた。そうよね? タイミングが良すぎるのはなぜ?」

俊は壁の時計に目をやった。夜八時になっていた。

「仕事や学校から帰宅した者が夕食を終え、各種SNSをチェックしたり、スマホに触れる者も多い時間です。犯人の狙いは佐山の証言の拡散で、そのためにはベストな時間と言っていいでしょう。宮原が動いたタイミングと同じなのは、単なる偶然です」

そんなに都合のいい偶然はない、と玲が笑った。

「宮原を監視している刑事は二、三人でしょう。森下と佐山の会話がアップされたら、警察の目が逸《そ》れる。犯人が狙ってるのは宮原で、Xは囮よ」

調べなさい、と玲が通話を切った。班長、と俊は声を上げた。

Chapter 9
本音

1

夜八時半、宮原がアーバンナイトに入った、と監視担当の新荘《しんじょう》刑事から連絡があった。

新荘さんに宮原の身柄を確保させるべきです、と俊は吉川に意見を言った。

「公務執行妨害、あるいは別件の参考人、理由は何でも構いません。アーバンナイトに近い麻布北警察署へ引っ張って、保護しましょう。アップされた音声を調べましたが、水無月が指摘した通りで、声の大きさが不自然です。既に一課長の命令で都内の全警察官が佐山捜索に駆り出されていますが、すべて犯人の罠です。このままだと、宮原は殺されますよ」

そうもいかない、と吉川が額の汗を拭った。

「PIT、SSBCをはじめ、捜査支援部署には、Xのアカウントを通じ、犯人の所在を突き止めろと命令が出ている。水無月の電話については報告済みだが、宮原は新荘に任せておけ、の一点張りだ。客や従業員がいるアーバンナイトで犯人が宮原を襲うとは思えない。今後、新荘は宮原に張り付く。監視どころか警護と同じで、店内にいれば安全だ」

「しかし――」

Xの解析を優先しろ、と吉川が命じた。

「アカウントを取得した者が判明すれば即逮捕し、佐山を救出できる」

蒼井、と背後から川名が声をかけた。

「班長の立場も考えろ。新荘は優秀な刑事だ。危険を察知したら、独断で逮捕し、麻布北署に引っ張るさ。そんなに不安なら、お前が店の防犯カメラで宮原を見張ってろ。不審な奴を見つけたら、新荘に伝えればいい」

防犯カメラは暗くて役に立ちません、と俊は言った。

「犯人が先回りして店内で待ち伏せていたら？　新荘さんが目を離した隙に襲うかもしれません」

お前は何もわかっていない、と川名が苦笑した。

「刑事は監視対象者から目を離さない。犯人は既に三人を殺している。このままだと、佐山も殺されるだろう。それを阻止し、救出するのがおれたちの仕事だ。そのためにはXのアカウントを解析するしかない。宮原はお前と新荘に任せる。いいな？」

「……はい」

「犯人が宮原を狙っているのは確かだが、新荘との連絡を密にすれば宮原を守れる」

俊は登録していた新荘の番号を呼び出した。こっちも連絡しようと思っていた、と新荘の声がスピーカーホンから流れ出した。

「音楽がうるさくて、よく聞こえない……宮原はフロアで踊っている。周囲に不審な者はいない」

「エントランスの防犯カメラは確認済みですが、フロア内はほとんど見えません」

そうだろうな、と新荘の声が切れ切れに聞こえた。

「俺もやっと目が慣れてきたところだ。宮原はＶＩＰルームに席を取っている。そことフロアを往復するだけで、客のほとんどは常連のようだ。知らない顔を見たら教えろ、と支配人に伝えた。三、四十人客がいるから、犯人も無茶はできない」

そっちの状況を教えてくれ、と新荘が声を大きくした。

「宮原を監視していた刑事がビルの裏手に回り、フロアにいるのは俺一人だ。どうなってる？」

Ｘのアカウントを追っています、と俊は言った。

「しかし、特定できても犯人の逮捕に繋がるとは限りません。犯人は飛ばしの携帯でアカウントを取得、音声をアップした後、携帯を捨てたでしょう。発信位置がわかっても、犯人の現在位置は不明です。アカウントを突き止めれば、宮原の監視に人員を増やせると思いますが……」

何かあれば連絡を頼む、と怒鳴った新荘が通話を切った。大丈夫だ、と俊の肩に触れた川名がパソコンに向き直った。

2

夜十一時過ぎ、俊はマンションに戻った。ヘルパーをキャンセルしたので洗顔もできないが、事件が起きれば刑事は数日下着を替えないから、仕方ないと諦めるしかなかった。

宮原の監視と同時に、俊はＦＡＩでＸの発信場所を探ったが、防犯カメラに映る場所で犯人がポストしたはずがない。指を動かすだけだから、人込みに紛れていたら特定は困難だ。

監視と並行して作業を続けていたため、頭が真っ白になるほどの疲労感があった。それでも、頭の奥で鳴るアラートには気づいていた。

犯人が佐山を拉致誘拐したのは六月十二日だ。既に八日が経っている。

今日になって、佐山がＵＳＢメモリを所持していると気づき、Ｘを使って森下との会話を拡散したのか。そんなはずはない、と俊はまばたきを繰り返した。

犯人は佐山をマンション、あるいは空き家の一室に監禁し、拘束したはずだ。暴行を加えれば、佐山は三分で口を割っただろう。

その日のうちに、音声をアップしてもよかった。なぜ、今日まで待ったのか。

（犯人は二人の会話を作った）

あれはディープフェイクだ。間違いない、と俊は舌打ちした。

ＡＩによって動画や音声の合成が可能になった。映画業界で作業効率化のために発達した技術だが、かつては膨大なデータとそれを解析する時間、高い技術力と大量の機材が必要だった。

しかし、現在では公開されているサイトに数万人のサンプルボイスが保管されている。それを使えば、自分の声を芸能人や政治家の声に変換できる。

動画での顔の差し替えは高いレベルの技術力がないと難しいが、声だけなら簡単だ。そして、声のディープフェイクを作れるアプリも開発されている。

森下総理の音声データは国会中継のアーカイブ、出演したテレビ番組に長時間残っている。誘拐犯は佐山の声を簡単に採取できる。

初期のディープフェイクでは、十五時間以上の声をＡＩが読み込み、再構成して人物の声を作ったが、最新のアプリでは一分で再現が可能になった。

指定した言葉をディープフェイクが読み上げる機能、発した言葉がそのまま他人の声になるボイスチェンジャーに似た機能もある。犯人はそれを用い、森下と佐山の会話を〝作った〟のだろう。

数年前、アラブ首長国連邦で、銀行の支店長が顧客の会社社長の電話を受けて、四十六億円を指定口座に振り込んだが、ディープフェイクによる詐欺だった。指摘されるまで、支店長は会社社長の声が偽物と気づかなかった。

他にも実例は多い。犯人はその手法を応用したのだろう。

新荘刑事に電話、と俊はアクア2に命じた。

宮原の居場所がわかったから、犯人は今日になってディープフェイクの音声をアップした。宮原の周りから警察を遠ざけるためで、犯人の狙いは宮原殺しだ。

五回目のコールで、留守番電話に繋がった。なぜ出ない、と俊は歯を食いしばった。

3

深夜〇時半、俊は介護タクシーのリフトを降りた。同乗していた杏菜が後ろに回り、アクア2を押した。

アーバンナイトが入っているビルの壁に、パトカーの赤色灯が反射している。ビルのエントランスに立っていた数人の制服警察官が俊と杏菜に敬礼した。

早かったな、とエレベーターホールにいた川名がボタンを押した。いえ、と俊は目を伏せた。

「気づくのが遅すぎました……新荘さんは？」

アーバンナイトのトイレで見つかった、と川名がエレベーターに乗り込んだ。

「病院に搬送されたが、麻布北署の刑事が駆けつけた時には、息をしていなかったと聞いた」

エレベーターが三階で停まると、先に立った川名が通路を進んだ。開いたままになっている黒いドアから、かすかに煙草とアルコールの臭いがした。

お前の連絡を受けて吉川班長が麻布北署に電話を入れた、と川名がフロアを指さした。十人ほどの刑事が現場検証を始めていた。

「十分後、私服刑事が店に入った。トイレを調べたのは十一時二十分過ぎ、ドアを開けると床に新荘と宮原が転がっていた……ざっとそんなところだ」

エントランスの防犯カメラをチェックしました、と俊は口を開いた。

「十一時七分、清掃業者が台車に大きなポリバケツを載せ、運び出していました。男性、身長一七五センチ前後、そこまでは確認済みですが、業務用の帽子とマスクをつけていたので人相は不明」

そいつが犯人だ、と川名がうなずいた。

「客と従業員を麻布北署に集めて事情を聞いているが、暗くて隣で誰が何をしていても気づかなかっただろう。支配人が客をチェックしていたが、清掃業者はスルーだ。何も出ないさ……トイレは右奥だ」

川名がドアを押し開けると、大柄な男が床に突っ伏していた。しゃがみ込んでいた紺のブルゾンを着た鑑識課員が俊に目をやり、小さく首を振った。

「顔と手、膝をフロアに瞬間接着剤でくっつけているから、無理に動かすと皮膚が剝がれる……写真は撮ったし、指紋の採取も終わったが、見つかった指紋は百以上。犯人は手袋をしていただろう」

わかりやすいメッセージです、と俊は言った。

「車内での喫煙を咎められ、宮原は高校生を骨折するほど殴打、ホームで土下座を強要しました。

犯人は宮原に謝罪させるため、このポーズを取らせたんです」

麻布北署の連中と話した、と川名がフロアに顔を向けた。

「店の黒服がトイレに立った宮原を見ていた。かなり酔っていたようだ。後を追った新荘を清掃業者を装った犯人が刺し、その後トイレで宮原を襲ったと考えられる。後頭部が血だらけだが、背後からバールか何かで殴ったんだろう」

「はい」

「一発、二発じゃない。即死だろうな……犯人は宮原を多目的トイレに運び入れ、土下座の姿勢を取らせた」

俊は宮原の死体を見つめた。長い髪の毛に、血と脳漿《のうしょう》が張り付いていた。
○時十分、麻布北署が検問を敷いた、と川名が言った。
「お前が新荘に連絡を入れたのは十一時五分、電話に出なかったのは犯人に刺されていたからだ。宮原を殺したのはその後で、逃げる時間はたっぷりあった。今、○時半だ。一番近い広尾《ひろお》駅を走る日比谷《ひびや》線の終電は竹ノ塚《たけのつか》行きが十一時五十二分、中目黒《なかめぐろ》方面は○時三十一分、どちらも余裕で乗れる。車やオートバイでここに来たのなら、捜しようがない」

犯人が宮原を撲殺したのは、と杏菜が小声で言った。

「彼が高校生を殴り、重傷を負わせたからですね?」

他に何がある、と川名が吐き捨てた。犯人は警察の監視に気づいていたはずです、と俊は言った。

「それなのに、なぜ宮原にこだわったのか……ターゲットを変更すれば、逮捕のリスクが減るのに……」

徹底的に調べろ、と川名が鼻から息を吐いた。

「犯人は森下と佐山の会話をディープフェイクで作ったそうだな。SSBCの連中の話だと、精密に分析すればディープフェイクだと証明できるらしい」

会話そのものは犯人の声でしょう、と俊は説明を始めた。

「簡単に言えば、何を話しても森下の声、そして佐山の声に変換されるボイスチェンジャーを用意したんです。森下、佐山と交互に話せば会話になります。ただ欠点もあって、呼吸音や物音も森下と佐山の声に変換されてしまうんです。そこを調べれば、フェイク音声だとわかるでしょう」

音声が本物でも偽物でも、と川名が腕を組んだ。

「犯人にとって佐山の利用価値はなくなった。解放どころか、殺してもおかしくない。犯人が決めたルールで言えば、最低最悪の屑だ。今までは森下の指示の生き証人だから、殺すわけにもいかなかっただろうが――」

発信者不明の電話、と合成音声が流れ出した。目配せを交わした川名と杏菜が半歩近づいた。

「蒼井です」

宮原の死体が発見されたようね、と玲の声がアクア2のスピーカーから流れ出した。

「SNSは大炎上どころか、大災害が起きたのと同じ。森下総理への攻撃も凄まじい。記者会見を開くべきだけど、あの会話はディープフェイクだから、森下も訳がわからなくなってるんじゃない？　警察庁の科警研《かけいけん》の情報科学第三研究室では、音声の研究、鑑定、捜査を行なっているし、音声自動識別システムも開発済み。もう音声の分析を始めているわね？」

犯人は佐山を誘拐していますす、と俊は言った。

「パワハラで職員を自殺に追い込み、森下総理の指示で裏金関連の資料を黒塗りにしましたが、だからと言って放っておくわけにはいきません。水無月さん、犯人を知ってますね？　可能性がある、思い当たる者がいる、それだけで名前を言えないあなたの立場は理解できます。しかし、犯人は殺人を重ね、宮原で四人目です。あなたほど優秀なプロファイラーなら、真犯人の正体は最初からわかっていたはずだ」

「お世辞でも嬉しい」

「退職警察官による犯行、と考えた春野が調べましたが、不審な者は見つかりませんでした。ぼくたちには犯人に関する情報がありません。もう打つ手はないんです」

犯人の名前を言ってください、と俊はヘッドレストに頭をつけた。

宮原の死について、と玲が言った。

「あなたはどう思ってるの?」

「何の関係があるんです?」

「ただ知りたいだけ。答えを聞かせて」

「……犯人をかばうつもりはありませんが、情状酌量の余地はあるでしょう。宮原が殺されたのは自業自得の面があると思います」

そこにPITの班員がいるわね、と玲が言った。

「川名くん? 春野? 他には? 所轄の刑事もいるでしょう?」

はい、と俊は答えた。第三者の前で、と玲が空咳をした。

「宮原を非難し、犯人を擁護したのはあなたの本音ね?」

「勝手な解釈は止めてください。犯人の擁護なんかしていません。そんなことより、犯人は誰なんですか?」

マザキマサヨシ、と玲が名前を言った。

「真実の真に川崎《かわさき》の崎、政治の政と義務の義。元陸上自衛隊三等陸曹。年齢、三十三歳」

杏菜が取り出したスマホを耳に当てた。水無月、とアクア2に近づいた川名が怒鳴った。

「そいつが犯人なのか？」

声を抑えなさい、と玲が苦笑した。

「川名くんの欠点は感情をコントロールできないこと。変わらないわね……断定はできないけれど、可能性は高い。それを踏まえて聞きなさい」

川名が口を閉じた。六年前に真崎を診察した、と玲が話を始めた。

「その頃、わたしはＰＩＴで班長を務めていたけど、紹介者がいればカウンセリングをしていた。警察官、公務員、自衛官……真崎もその一人よ。優秀な自衛官の彼には悩みがあった。所属していた隊で起きた女性自衛官へのセクハラ行為について、上官から沈黙を強いられたの。最近、内部告発があったけど、あれは氷山の一角に過ぎない。悩んでいた彼を見かねた上官がカウンセリングを勧めた」

あの男は自分にも他人にも怒っていた、と玲が小さく息を吐いた。

「その怒りは絶望でもあった。誰もがモラルを失っている、と憤っていた。わたしは退職を勧めた。このままだとフラストレーションが膨らみ、いつか爆発する。最悪の場合、同僚の自衛官を殺し、自殺すると予想できたからよ」

「その後は？」

一年後に辞めたと聞いた、と玲が言った。

「カウンセリングを勧めたのは陸自の友部《ともべ》二佐で、わたしの高校の同級生の兄だった。しばらく前、彼も自衛隊を辞めたらしいけど、四年以上連絡を取っていないから、詳しいことはわからない」

杏菜がメモを差し出した。身元照会中、と文字が並んでいた。

水無月さん、と俊は呼びかけた。

「真崎が一連の事件の犯人なんですか？」

断定はできないと言ったはず、と玲がため息をついた。

「六年前の夏、週に一、二回のカウンセリングを二カ月続けた。トータルで十回前後、それで彼のすべてがわかると言うほど傲慢《ごうまん》ではないつもり。でも、疑う根拠はある。彼は仲間のセクハラを止められなかった自分を責めていた。初めて会った時、手首に包帯を巻いていたけど、自殺を図ったためだった。彼には女性自衛官への贖罪意識があったの」

警察でもよくある、と川名が渋面になった。女性自衛官のセクハラは記録が残っていない、と玲が話を続けた。

「上官に説得されて、真崎は告発を引っ込めたけど、心の折り合いがつかなくなって辞めたとすれば心理的な辻褄《つじつま》は合う。わたしが警察のプロファイラーだと彼は知っていて、過去に起きたいくつかの事件に関して、質問されたことがあった。共通するのは、犯した罪に対し罰が見合ってない事件ってこと」

「犯人像と合致しますね」

独特な倫理観の持ち主だった、と玲が言った。

「永山《ながやま》基準は知ってるわね？　殺人事件が起きても、被害者が一人なら死刑にはならない。簡単に言えば、二人までは懲役刑、三人以上は死刑。でも、真崎の考えは違った。一人殺せば、償えるのは犯人の命しかない。加害者に人権はなく、被害者と遺族の感情に寄り添うべきだと……川名くん、どう思う？　共感できる点もあるでしょ？」

ないね、と川名がにべもなく答えた。

「殺人犯もピンキリで、あんたみたいなイカれ女もいるし、やむにやまれぬ事情で殺すしかなかった者もいるだろう。十把一からげで、三人殺したから死刑とはならない。裁判では裁判官が判決を下す。そこがグズグズになったら、何でもありだ」

法律論はどうでもいい、と玲が言った。

「亡くなった妻の冥福を祈っていた男性を侮辱したＹｏｕＴｕｂｅｒの円谷の罪についてどう思ってる？　パワハラの常習犯で、裏金関連の文書を黒塗りにした佐山の罪は？　少女を自殺させた教師の我妻は？　法律の番人でありながら、それを破った白坂検事は？　理不尽な暴力で高校生にトラウマを負わせた宮原は？　罪に見合った罰を受けたと本気で思ってるの？」

川名が横を向いた。それが真崎の動機ですかと尋ねた俊に、おそらく、と玲が答えた。

「社会は矛盾と理不尽でできている。でも、彼はそれが許せなかった」

「犯人はあなたの事件を調べ、模倣しています。真崎に殺人を示唆したのでは？」

彼には才能がなかった、と玲が苦笑した。

「示唆も暗示もしていない。ただ、わたしの影響はあったでしょう。真崎が殺人者になったのは、自分のカウンセリングを担当していたプロファイラーが連続殺人犯だと知ったから。道徳や常識、法律、彼が越えられなかったハードルをわたしが易々《やすやす》とクリアしたのを見て、自分にもできると気づいた。手口を模倣したのは、社会に警鐘を鳴らすには演出が効果的だと考えたためで、あまり言いたくないけど、真崎はわたしに好意を持っていた。人を殺せば、わたしに近づけると思ったのかもしれない」

「なぜ、今まで真崎のことを話さなかったんですか？」

断定はしていない、と玲がため息をついた。

「これで三回目よ？　あくまでも推定で、真崎が一連の事件の犯人だと示す確実な証拠はない。円谷殺しの時から、真崎かもしれないと思っていた。でも、世の中には理由もなく殺人に固執する者がいる。今回の犯人はわたしの模倣犯で、他にも可能性のある者が何人かいた。確証もないのに、真崎の名前を出すわけにはいかない」

「真崎の詳しい情報は？」

最後のカウンセリングは六年前の七月五日、と玲が言った。

「その後は会っていないし、どこに住んでいるのかも知らない。今、春野が調べてるでしょ？　確か、自衛隊には人事教育部という部署がある。まずは確認しなさい」

通話が切れた。言いたいことを言いやがって、と川名が床を蹴った。

高槻理事官を通じ、防衛省に問い合わせました、と杏菜が耳からスマホを離した。

「五年前の八月、真崎は自衛官を辞めています。大学を中退して自衛官になり、二十六歳で三曹に昇進、士官候補として期待されていた。慰留したが本人の意志が固く、退職を認めざるを得なかったと高槻理事官からのメールにあります」

「詳細な報告を待とう」

情報が足りない、と俊はパソコンの画面に目をやった。深夜二時になっていた。

4

六月二十一日、午前八時半。俊は西麻布のアーバンナイトから直接ＰＩＴルームに戻った。

来客用のソファに近づくと、真崎の詳しい経歴がわかった、と吉川がタブレットを向けた。

「千葉県木更津《きさらづ》市生まれ、一浪して私立八森《はちもり》大学理工学部に進学、二年の時に両親が飛行機の墜落事故で死亡。三年の夏に中退したのは、経済的な事情もあったようだ。その年の八月、自衛官採用試験に合格、翌年の三月に入隊している。自衛官候補生として任命され、採用三カ月後に二等陸士になったとある。昔の軍隊で言えば二等兵、一番下の階級だな。その後、上官の勧めで一般曹候補生として再入隊したが、能力を評価されたためで、二年九カ月後に三曹になった。水無月のカウンセリングを受けたのはその七カ月後だ。そして、約一年後に辞職している」

「辞職の理由は一身上の都合だと聞きました」

そうなっている、と吉川がうなずいた。

「セクハラの件を問い合わせたが、回答はなかった。自衛隊は退職自衛官の身上調査を継続して行なうが、真崎は専門学校で鍼灸《しんきゅう》師の資格を取り、上野の接骨院で働いていた。住民票も上野のアパートに置いている。二年前に接骨院を退職、その後は不明。どこに住んでいるか、自衛隊も把握していなかった。親戚、友人その他連絡を取っている者はいない。身長は一七五センチ、がっちりした体格で、訓練の成績はトップクラスだった」

犯人像と合致します、とデスクに座っていた浪岡が言った。

「木更津に戻っていないのは確かです。父親はサラリーマンで、賃貸マンションに住んでいましたが、飛行機事故の後、真崎が解約手続きをしています」

どこにいるのかわからないと話にならない、と吉川がタブレットを俊に向けた。

「自衛隊を辞める直前の写真だ。真崎が犯人だとすれば、都内のネットカフェを転々としているんじゃないか？」

犯人の可能性が高いとSSBCのプロファイリング結果が出た、と吉川がテーブルの資料を指さした。

「アーバンナイトのエントランスに設置されていた防犯カメラに、清掃業者を装った男が映っていたが、身体的特徴は真崎と七〇パーセント一致した。元自衛官に姿を消す理由はない。奴は接骨院で働いていたが、電話一本で辞めている。翌日には携帯が繋がらなくなったそうだ。不審な点は多い。参考人として事情を聞くべきだろう」

俊は浪岡に視線を向けた。

「昨日の夜八時以降の渋谷区、港区の防犯カメラ映像を調べろ。犯人は宮原を監視していたはずだ。宮原は移動にタクシーを使っている。渋谷のパチンコ屋から西麻布まで、どのルートを通ったとしても、犯人は車で尾行しただろう。真崎の写真を使ってFAIで検索すれば、すぐに答えが出る」

うなずいた浪岡に、見つからなかった時は二十四時間遡れ、と俊は命じた。

「犯人は宮原の周囲にいたはずだ。それが真崎なら、都内全域の防犯カメラで現在位置を調べ、理由をつけてバンカケする」

「バンカケ？」

職務質問だ、と俊は言った。

「同行を要請、近くの警察署で事情聴取する。ただ、宮原を監視していたから犯人とは言えない……班長、水無月は元自衛官の友部二佐の紹介で真崎のカウンセリングをしています。自衛隊在籍時の同僚、親しくしていた者に事情を聞くのは当然ですが、友部二佐も呼んだ方がいいと思います」

手配済みだ、と吉川が立ち上がった。

「自衛隊を退職後、友部はペルソナ社の相談役になっている。五十五歳の元二佐は利用価値があるからな……彼は九時に本庁へ来る。横川三係長が事情聴取を担当するが、本人が撮影に同意したので、ＰＩＴルームでも映像を見られる」

「友部二佐は真崎の上官だったんですね？」

そうだ、と吉川がうなずいた。

「君の報告を受けて、横川係長が連絡を取ったが、真崎の様子がおかしいと気づいて、水無月に紹介したと話したそうだ。友部も真崎を疑ってたんじゃないか？　思い当たることがあったのかも——」

内線が鳴り、浪岡が受話器を取った。

「友部二佐が着きました。すぐ事情聴取を始めるそうです」

吉川がＰＩＴルームの大型モニターにリモコンを向けた。制服警察官に案内されて、ビール腹の初老の男が応接室に入る様子が映った。

身長は一七〇センチほどだが、固太りで体重は百キロ以上だろう。暑いのか、ハンカチで首筋を拭っている。丸顔に愛嬌《あいきょう》があった。

応接室で待っていた横川が名刺を差し出すと、友部がスーツの内ポケットから名刺入れを取り出した。

Chapter 10 トラップ

1

友部和雄《かずお》さん、と横川が名刺に目をやった。二方向からの映像がモニターに映っている。俊は画面を見つめた。

「ペルソナ社企業連携室相談役……朝早くから申し訳ありません。一連の事件についてはご存じかと思いますが、事情が事情なだけに、早急にお話を伺いたかったので……」

構いません、と友部が顔の前で手を振った。

「真崎が関係している節があるとおっしゃってましたね？　彼とは五年ほど会ってませんが、自衛隊の頃の部下は我が子同然です。話を聞きたいと警視庁の係長に言われたら、どこへでも行きますよ」

「ご協力に感謝します」

真崎のことは誰に聞いたんですか、と身を乗り出した友部に、捜査情報なので、と横川が答えた。

「そこはお話しできません……我々が入手した情報によれば、真崎さんは精神的に不安定な面があり、あなたの勧めでカウンセリングを受けたそうですが、事実ですか？」

六年ほど前です、と友部がうなずいた。

「彼が所属していた隊で、不祥事が起きましてね。真崎は関与していませんでしたが、相談されてカウンセラーを紹介しました。水無月玲……まさかねえ、彼女があんな事件を起こすとは思ってもいませんでした。彼女は私の妹の高校の同級生です。自衛隊には心を病む者が多く、他にも何人か彼女に診てもらっていました」

「なぜ水無月に？」

勤務評定に響くからです、と友部が声を低くした。

「心療内科や精神科の通院歴があると、昇進に影響が出ます。できれば、真崎を病院に行かせたくありませんでした。カウンセリングだけなら、問題はないんです。彼女が真崎の名前を出したんですか？　ロシアに逃げた、と噂を聞きましたが……」

真崎さんが犯人と断定してはいません、と横川が首を振った。

「ただ、四人が異常な形で殺されています。可能性があるなら、調べざるを得ません。真崎さんですが、不祥事の責任を問われるのではないか、と不安になっていたんでしょうか？」

前から相談を受けていました、と友部が言った。

「自衛官としての能力は高いが適性に欠ける……それが真崎の自己分析でした。辞めたいと漏らしたのも、一度や二度じゃありません。そのたびに、私は慰留しました。優秀な自衛官を失いたくなかったんです」

「わかります」

「一年ほどそんな時期が続き、水無月にカウンセリングを頼んだ方がいいと判断しました。精神科医として、彼女は優秀でしたからね……彼女のカウンセリングで精神状態が回復した者もいたんです。それもあって、真崎を紹介しました」

「その後、真崎さんは自衛隊を辞めてますね？」

「秋に訓練中の事故で負傷し、入院したんです。二カ月ほどで復帰しましたが、翌年の八月に辞表を出しました。その頃、私は中部方面隊の出雲駐屯地に任地を移していたので、電話で報告を受けただけで真崎とは会っていません。半年後、防衛省勤務が決まり、私は東京に戻りましたが、その頃までは真崎と連絡を取り合っていたんです。しかし、だんだんとそれもなくなって……最後はメールで、たまには飲もうとか、そんなことを書いた記憶があります」

「電話番号、メールアドレス、LINE、その他連絡先はご存じですか？」

書いてきました、と友部がメモをテーブルに置いた。

「下は彼の個人アドレスです。ここへ来る途中、メールを送ってみましたが、今は使ってないようですね。電話は電源を切っていました」

「真崎さんのご両親は亡くなられています。叔父《おじ》夫婦と連絡が取れましたが、十年以上会っていないと話していました」

付き合いがいい男とは言えませんでしたね、と友部が言った。

「自衛隊の肝はチームワークですから、その意味では向いてなかったかもしれません。真崎が悩んでいたのも、結局はそこでしょう。上とはそれなりに話すんですが、同期とはあまり……横川係長、もういいでしょう。一連の事件の犯人は真崎なんですか？」

「思い当たることでも？」

質問に質問で答えるのはどうですかね、と友部が苦笑を浮かべた。

「真崎に社会への不満があったのは確かです。正義感が強く、自衛隊に入ったのもそのためでした。少し話が逸れますが、自衛隊にも要領のいい奴がいるんです。上官がいる時は機敏に動くが、不在だとサボる……そういう連中にも腹を立ててましたね。とにかく真面目で、そんなに固く考えるなと注意したこともありましたが、納得してないのは顔を見ればわかりましたよ」

スマホを開けば、毎日いろんなニュースが飛び込んできますよね、と友部が言った。

「中には、見るのも嫌な事件もあります。ネットの反応も酷いですよ。それを見るたび、真崎は怒ってました」

「彼が犯人だと思いますか？」

何とも言えません、と友部が首を傾げた。

「あんな酷いことをする男じゃないと思っています。ただ、真崎とは何年も会っていません。その間に何かあったのかもしれません。ひとつ踏み外すと、どこまでも堕ちていくタイプでしたが、それにしてもねえ……やはり信じられません」

これを見てください、と横川がタブレットを差し出した。

「殺人事件が起きたビルの防犯カメラに、不審な男が映っていました。我々が入手した真崎さんの写真とよく似ています。どうですか？」

さあ、と友部が首を振った。

「清掃業者ですか？　帽子やマスクで顔がわかりません。真崎はもう少し痩せていたと思いますよ」

「真崎さんと親しかった者についてですが――」

リストにしてきました、と友部がコピー用紙をテーブルに置いた。

「自衛隊の同期、同じ部隊に所属していた者です。しかし、連絡は取っていないと思いますね。年に一度、彼らと飲むんですが、真崎の話は出ません。彼が八森大学の理工学部を中退したのは覚えています。高校は千葉じゃなかったかな？　その頃の友人は私も知らないんです」

「辞めた後、真崎さんが鍼灸師として働いていたのはご存じですか？」

「いえ」

「彼の住所は上野のアパートですが、二年前に解約しています。知っていましたか？」

「いえ」

「アパートを出る際、彼は家財道具を処分し、携帯番号も変えたようです。連絡先不明、住所不定、東京にいるのかさえわかりません。しかし、一連の事件の犯人なら、都内に潜伏していると考えられます。土地勘のある場所に心当たりは？」

「確か、八森大学は八王子《はちおうじ》でしたよね？　その辺りなら、詳しいんじゃないですか？　私と真崎が一緒だったのは朝霞駐屯地で、何度か池袋で飲んだことがあります。それ以上は何とも……」

「女性関係は？」

「いえ」

「SNSはどうです？　Facebookをやっていないのは調べがついたんですが……」

「知るわけないでしょう」

「もうひとつ、彼は少なくとも二年間定職についていません。収入があれば納税の義務が生じますが、税務署に問い合わせたところ、真崎政義の名前は出てきませんでした。アパートを解約した直後、銀行で三百万円を下ろしていますが、それ以降、彼の口座に動きはありません。三百万円で二年間暮らすのは厳しいでしょう。どうやって生活していると思いますか？」

私に聞かれても困ります、と友部が顔をしかめた。

「では、真崎さんに金を貸す人に心当たりはありませんか？」

いるとすれば私です、と友部が自分を指さした。

「しかし、彼と会っていないので……正直なところ、彼のプライベートはほとんど知らないんです。どこにいるのか、私が聞きたいぐらいですよ」

発信者不明の電話、とスピーカーから声がした。玲からの電話だ。

「警察は友部に事情を聞いた？」

答えられません、と俊はモニターから目線を外した。答えたのと同じよ、と玲が笑った。

「担当は横川くんね？　今は三係長？　彼は仕事が早い。友部の連絡先を調べ、早朝に電話を入れたはず……友部は本庁で事情聴取を受けてるの？」

「ノーコメント」

「友部は真崎に関する情報を持っていた？」

何度かまばたきを繰り返すと、アクア2がゆっくり後退した。

友部の事情聴取について、いずれ玲は詳しい情報を得る。それなら、腹を割った方が話は早い。

「自衛隊を辞めてから、真崎と連絡を取っていないと友部は話しています。五年ですよ？　真崎の性格、人柄は話しましたが、立ち回り先は見当もつかないようです。自衛隊にいた頃の同僚や同じ部隊に所属していた者の連絡先を提出したので、調べることになりますが、何もわからないでしょう。真崎は完全に姿を消しています。水無月さんは彼と連絡を取ってないんですか？」

まさか、と玲が言った。

「わたしは真崎を許せない。才能のない者の下手な模倣は、わたしのプライドを傷つける。彼から連絡があれば、すぐ警察に通報する」

真崎が誘拐犯なら、と俊は言った。

「利用価値がなくなった佐山を生かしておく理由はありません。顔をペンキで真っ黒に塗った死体をどこかに捨てるでしょう。でも、警察の監視が厳しくなっているので、迂闊には動けません。佐山はまだ生きているはずです。救出に協力してください」

本気で言ってるの、と玲が呆れたような声を上げた。

「佐山の汚さは凶悪な殺人犯以下よ。パワハラや裏金疑惑で国会議員を辞めたけど、次の選挙には出馬すると後援者に話している。責任は一切取らず、ただ逃げ回っているだけ。どれほど惨《むご》い殺され方をしても文句は言えない。警察が本気で捜せば、必ず見つかる」

「捜すにしても、手掛かりがないと……」

真崎には強い正義感と独善性があった、と玲が言った。

「あなたとよく似ている……気をつけなさい」

通話が切れた。アクア2を半回転させると、吉川と浪岡が目を逸らした。

2

真崎は五年前に自衛隊を辞めている、と俊は写真のスキャンを終えた浪岡に言った。

「その時点で二十八歳だった。今は三十三歳だが、顔は大きく変わらない。どこかに隠れているが、一歩も外に出ないわけにはいかないだろう。防犯カメラに映っていてもおかしくない」

警視庁のクラウドに過去の映像が残っていますが、と浪岡が言った。

「単純計算で四万三千時間以上、簡単な変装でも解析精度は落ちます。ＦＡＩでも発見は難しいと思いますよ」

時間がないぞ、と椅子の上で川名が胡座をかいた。

「真崎が森下と佐山の会話をＸに上げたのは昨夜七時半、もうすぐ午後一時だ。十七時間が経過している。とっくに佐山を殺して、ペンキで顔を真っ黒に塗っているんじゃないか？」

いいかげんにしてください、と俊は鋭い声で言った。

「ＰＩＴルームにいても、川名さんの仕事はありません。現場で佐山の捜索に加わったらどうです？」

おっしゃる通りだ、と川名が諸手《もろて》を挙げた。

「だが、闇雲に佐山を捜してもどうにもならん。今のところは待機するしかない……民自党が記者会見を開くようだな。科警研が音声を分析して、ディープフェイクの証拠を掴んだらしい」

それは聞きました、と俊はパソコンに目をやった。

「ディープフェイクのアプリでは、重なる声の処理ができません。高性能の機材と専門知識があれば、重複部分を編集できますが、真崎には難しいでしょう」

オタクの御託はそれだけか、と川名が馬鹿にしたような声を上げた。

「警察にとって重要なのは結果だ。過程なんかどうでもいい。真崎を逮捕して、佐山の居場所を吐かせるだけだ。捜査一課、所轄の刑事を含め、五百人以上が二十三区内に散らばり、佐山捜索に当たっている。とはいえ、今のままじゃ無理だろう。場所が限定できれば何とかなるが、手掛かりはないのか？」

ＦＡＩが九〇パーセント以上の確率で真崎だと推定した画像は、自動的に俊のパソコンに転送される。最終的な判断が俊の役目だ。

「どれぐらいヒットした？」

七点です、と俊は答えた。たったそれだけか、とサンダルに足を突っ込んだ川名が俊のパソコンを覗き込んだ。

「映りが悪いな。これでわかるのか？」

条件限定、と俊は命じた。映っていた男の顔を赤い点が囲った。

人間の顔のパーツの位置は決まっています、と俊は川名に目を向けた。

「赤ん坊の時と、大人になってからは変わりますが、一般に女性は十五歳、男性は十八歳前後に成長期が終わります。ざっくり言えば、二十歳を過ぎると顔は固定されるんです」

目に関して言えば、と俊は説明を続けた。

「目の縦幅、横幅、黒目と白目の割合、黒目の直径、右目と左目の間隔を測ります。ＦＡＩに映っている男の目を測定し、それを入力済みのデータと比較すれば、高い確率で真崎を抽出できます。日本人の平均値は目の縦幅が五ミリから八ミリ、横は二・五センチ、黒目は五割から七割と言われています。川名さんは平均以下のようですが――」

腹の立つ奴だ、と川名がパソコンを指で弾いた。

「結論を言え。こいつは真崎なのか？」

パソコンの画面に93％と数字が浮かんだ。真崎のようです、と俊は言った。

「六月十四日午後四時十二分、表参道《おもてさんどう》五丁目……青山《あおやま》通りの防犯カメラですね」

表参道駅に向かっている、と川名がパソコンに指を当てた。

「おい、真崎が離れていくぞ。表参道の交差点にもカメラはあるだろ?」

映像を切り替えてと俊が言うと、パソコンの画面に別窓が開いた。

ジーンズにヨットパーカー、ポケットに手を突っ込んで歩く真崎の姿を表参道交差点のカメラが正面から捉えた。数字が95%に上がった。

「どこへ行くつもりだ? 階段を下りるぞ。地下鉄に乗るのか?」

そうでしょう、と俊は言った。

「表参道駅には銀座線、千代田《ちよだ》線、半蔵門《はんぞうもん》線が通っています。都内どころか、他県へも行けますよ」

「駅の防犯カメラは?」

使えません、と俊はため息をついた。

「鉄道会社、もしくは警備会社が管理しています。企業の防犯カメラを警察が勝手に見たら、それこそ犯罪ですよ。令状を取る時間はありません。これは一週間前の映像ですが、他のカメラも調べます。映像をチェックすれば、点と点が繋がって捜索区域を絞れるでしょう」

頼んだぞ、と川名が声をかけたが、俊も自信はなかった。真崎の潜伏先をピンポイントで特定するのは難しい。

真崎が一カ所に留まっているとは考えにくかった。移動を続けていれば、的を絞れない。

それでも、防犯カメラの映像を調べるしかなかった。重複する場所がわかれば、行動範囲がわかるはずだ。

パソコンから合成音が流れ出した。一昨日の午前七時、新宿職安《しょくあん》通りを歩く真崎の姿が映っていた。

3

夕方四時、一課長から情報が来た、と吉川が俊の前に回った。

「君はFAIで真崎が現れた場所を調べたが、共通点がわかった。渋谷、表参道、九段下《くだんした》、三越前《みつこしまえ》、住吉《すみよし》。どれも東京メトロ半蔵門線の停車駅だ。真崎はいずれかの駅近くで佐山を監禁しているんだろう」

渋谷は考えづらいですね、と俊は片目をつぶった。

「JR、京王《けいおう》電鉄、東急《とうきゅう》電鉄、東京メトロ、路線は十を超えます。駅及びその周辺は防犯カメラだらけで、真崎も警戒するでしょう」

一課長もその線で捜索隊を再編成しています、と吉川の隣で千秋が言った。

「半蔵門線は渋谷から押上《おしあげ》まで十四駅、田園都市《でんえんとし》線、東武伊勢崎《とうぶいせさき》線と相互乗り入れをしていますが、いずれの路線の駅でも真崎は防犯カメラに映っていないので、半蔵門線に絞って捜索すると聞きました」

一時間前、東京メトロの了解が出た、と俊はまばたきをした。

「駅構内の防犯カメラへのアクセスが可能になった。この一週間に絞って検索したが、真崎が複数回映っていたのは水天宮前《すいてんぐうまえ》駅だけだ」

それは一課長に伝えた、と吉川がうなずいた。

「隣の三越前駅、清澄白河《きよすみしらかわ》駅を含め、三駅に三百人を投入、住吉と錦糸町《きんしちょう》にも百人を展開させている。だが、防犯カメラの撮影範囲から外れると、真崎の現在位置はわからない。FAIで追えないか？」

難しいですね、と俊は言った。

「わかっているのは、水天宮前駅を降りると、清澄白河方向へ向かうことだけです。中央区役所が空き家情報を管理していますが、マンションやアパートの空き室は無理でしょう。ローラー作戦には、少なくとも五百人が必要です」

川名くんと春野を行かせた、と吉川が顎を撫でた。

「近隣の所轄署、交番からも応援が出る。ローラー作戦で佐山を発見できるはずだ」

佐山は殺されてますよ、と浪岡が首を傾げた。

「真崎はディープフェイクで森下総理と佐山の会話をでっち上げ、Xにアップしました。もう佐山に利用価値はないんです。真崎に佐山殺しをためらう理由はありません」

どう思いますか、と千秋が視線を向けた。真崎の考えが読めない、と俊は片目をつぶった。

「彼は社会正義のために殺人を繰り返していると考えていたが、四人の死体を見ると、必要以上に演出を加え、損壊していた。正義の使徒なら、あんなことはしないはずだ……佐山については、誘拐したが殺していない。ディープフェイクを作るための音声採取は一度で済む。なぜ殺さなかった？　何かが違う。浪岡が言ったように、もう佐山を殺したのかもしれない」

諦めるな、と吉川が言った。

「捜査員が佐山を見つければ――」

ＦＡＩの解析が終わりました、と千秋が言った。

「水天宮前駅を中心に、真崎は半径二キロ以内で移動しています。捜索対象の空き家や空き室にローラー作戦をかければ、今夜中に確認できるでしょう。佐山の生死は不明ですが……」

顔色が悪いぞ、と吉川が千秋に目をやった。

「昨日は徹夜だったからな……全員、今日は帰っていい」

ＰＩＴルームの電話が鳴った。吉川がスピーカーボタンを押すと、佐山は発見できず、と川名が大声で報告を始めた。

「水天宮前駅周辺で聞き込みを始め、真崎を目撃した者を探したところ、見覚えがあるとコンビニの店員から証言が取れたので、駅の南側に絞ってアジトを探すことになりました。一課四係と白河《しらかわ》署から応援が来たら戻ります。さすがに疲れましたよ」

「直帰しても構わないぞ」

目処がつくまでそうもいきません、と川名が言った。

「蒼井、聞いてるか？　最後はＡＩでもＦＡＩでもない。地道な聞き込みで、刑事が犯人を見つけ、逮捕するんだ」

聞き飽きました、と俊は顔をしかめた。馬鹿にしたように笑った川名が通話を切った。

4

夕方五時、俊はＰＩＴルームを出た。エントランスの前に、介護タクシーが停まっていた。

（疲れた）

俊は目をつぶった。三十時間以上働き続けたが、四肢麻痺の俊にはそれに耐えるだけの体力がなかった。

五分後、タクシーがマンションの前で停まった。運転手が後ろに回り、後部ドアを開いた時、

『川名刑事から入電。電話に出ますか？』

アクア2の合成音声が流れ出した。

「蒼井か？　今、どこにいる？」

「ぼくのマンションですが……」

「入れ違いか……真崎が見つかった」

「水天宮前ですか？」

永田町《ながたちよう》だ、と川名が舌打ちした。

「民自党のお膝下だぞ？　まさか永田町とはな」

「盲点でしたね。佐山は？」

それなんだが、と川名が呻き声を上げた。

「永田町二丁目に建設中のマンションがある。その一室で、真崎は佐山を監禁していた。だが、刑事が踏み込む寸前に気づかれ、奴は佐山を人質に屋上へ上がった。三係の西木《にしき》警部が説得しているが、お前に来てほしいと言ってる」

「ぼくに？　何のためです？」

「真崎の説得に加われとさ。蒼井は交渉人じゃないから無理だと言ったが、ＰＩＴの班員ならできるだろうと……お前が行ったところでどうにもならんだろうが、命令は命令だ。住所をメールで送るから、すぐ行ってくれ。おれも追いかける」

「建設中のマンション？　ぼくは屋上に上がれませんが……」

エレベーターの工事は終わってるそうだ、と川名が言った。

「文句があるなら、西木警部に直接言え。急げよ」

通話が切れた。メールを呼び出すと、現場の神津《こうづ》マンションの住所が添付されていた。

俊は運転手に住所を伝え、行ってくださいと言った。永田町までは約一キロ半、五分もかからない距離だ。

タクシーがUターンした時、吉川から電話が入った。連絡があると思ってました、と俊は言った。

「川名さんに聞きましたが――」

面倒な事態になった、と吉川がため息をついた。

「昔の刑事ドラマじゃないんだぞ。屋上に逃げてどうするつもりだ……神津マンションは五階建てで、西木警部と二人の刑事が真崎を追い詰めたが、説得に耳を貸さない。近づいたら飛び降りる、と喚いているそうだ。本庁の捜査員は半蔵門線の各駅に散らばっているから、すぐには戻れない。春野や浪岡、根崎くんは経験がない。西木の要請を受けて、君を出すことにした」

「ぼくだって経験はありませんよ」

タクシーが信号を左折した。真崎は君を知っている、と吉川が言った。

「水無月に刺され、四肢麻痺になった刑事のことはニュースにもなった。君の言葉には説得力がある。佐山の救出は絶対命令だ。三十分以内に交渉人が現場に着くが、それまで繋いでくれ。今、どこだ？」

俊は運転席のナビに目をやった。目的地まで一分、と表示があった。

「すぐに着きます。やるだけはやってみますが、責任は持てませんよ」

「西木は屋上にいる。エントランスにエレベーターがあるから、運転手がボタンを押せば上がれる。最悪の場合、真崎の射殺もあり得る。危険だから、運転手は下で待機させろ」

ここでしょうか、と運転手がブレーキを踏んだ。壁に沿って、足場が組まれたマンションがあった。

工事中につきご迷惑をおかけします、と作業着を着た男が頭を下げるイラストの下に、神津マンション、と文字が並んでいた。

「すいません、ぼくをエントランスまで運んでください。エレベーターで屋上に上がります」

運転手がリフトを操作し、段差を越えてエントランスに入った。エレベーターのボタンを押すと、すぐに扉が開いた。

Rを押して、と俊は言った。

「ここで待機してください。人質が負傷していたら、病院へ運びます」

わかりました、と緊張した顔で運転手がうなずいた。エレベーターに乗り込むと、扉が閉まった。

真崎とどう話せばいいのか、とエレベーターの階数表示に俊は目をやった。PIT班員が臨場するケースは稀だし、犯人と対峙《たいじ》することもほとんどない。

西木はなぜ自分を指名したのかという想《おも》いが胸をかすめた時、エレベーターの扉が開いた。前へ、と命じると、アクア2が動き出した。

エレベーターを出ると、屋上の全景が目に飛び込んできた。数本の柱が並び、一面だけ金網が張ってあるが、他は何もない。

「西木警部、PITの蒼井です」

返事はなかった。くぐもった呻き声に、俊はアクア2をゆっくり回転させた。屋上の縁に、口にハンカチを押し込まれた小柄な男が座っていた。顔に黒いペンキの跡があった。

「佐山さん！」

真崎は、と俊は左右に目を走らせた。人影はない。西木たちは真崎を追っているのか。

佐山の口から呻き声が漏れた。危険です、と俊は叫んだ。

「動かないでください！　すぐに助けが来ます！」

佐山が舌を使って、ハンカチを口から押し出した。助けてくれ、という声と吐き出された血が風にちぎれた。

「たす……け……て」

前へ、と俊は命じた。アクア2が前進すると、ぶつり、という音が足元から聞こえた。

屋上の縁《ふち》に隠れていた紐《ひも》に足をすくわれ、悲鳴を上げた佐山が後ろに落ちていった。

背後でエレベーターの扉が開く音がした。アクア2を半回転させると、杏菜が立っていた。

「無事ですか？」

どうなってる、と俊はまばたきを繰り返した。何があったんです、と杏菜が近づいた。

「吉川班長から連絡がありました。蒼井が真崎を追ってこのマンションへ向かった、一人では危険だと言われて……真崎はどこに？」

吉川班長に電話、と俊はアクア2に命じた。吉川だ、とスピーカーから声がした。

「班長、ぼくは……」

「どうした？　帰ったんじゃないのか？」

「ぼくに電話をしましたよね？　春野にもです。永田町の神津マンションで佐山を人質に取った真崎を説得しろと――」

「神津マンション？　何の話だ？」

「川名さんはＰＩＴルームにいますか？」

「五分ほど前、四係の応援部隊と真崎の足取りを追っていると連絡があった。真崎の逮捕を目の前にして、徹夜明けだから帰るとは言えないさ。川名くんの性格は知ってるだろ？」

春野です、と杏菜が叫んだ。

「なぜ、神津マンションに行けとあたしに命じたんですか？　ここに真崎がいるのでは？」

こっちが聞きたい、と吉川が言った。

「どうして君が蒼井と一緒にいるんだ？　水天宮前から自宅に直帰したんじゃなかったのか？」

ディープフェイクだ、と俊は吐き捨てた。

「犯人は川名さんと吉川班長の声でぼくたちを騙した。真崎がこのマンションにいると思わせ、おびき寄せたんだ」

「なぜ、そんなことを？」

ぼくに佐山を殺させるためだ、と俊は目を閉じた。

「足元に張ってある細い糸に気づかなかった。屋上の縁にいた佐山を救おうと、アクア2を前進させたらタイヤが糸を切った。犯人が仕掛けた罠にはまったんだ」

「佐山はどこに？」

落ちた、と俊は目を背けた。

「ぼくが切った糸と繋がっていた紐が佐山の足を引っかけ、バランスを失って落ちていった」

屋上の縁に駆け寄り、下を見回した杏菜が振り向いた。顔色が白くなっていた。

「男が倒れています……動いていません」

蒼井、と吉川の声がした。

「どうなってる？　神津マンション？　何でそんなところにいるんだ？」

救急車を呼んでください、と俊は力のない声で言った。

「佐山が屋上から転落しました。病院に搬送しないと……」

「説明しろ、どういうことだ？」

応援を要請します、と俊は声を絞り出した。

「詳しいことは後で話します。真崎が近くにいるかもしれません。至急、調べてください」

了解した、と吉川が通話を切った。杏菜が俊の肩に触れた。

「蒼井さんの責任じゃありません。真崎がすべてを仕組んだ……そうですね？　近くの建物から、ここを見ているのでは？」

わからない、と俊は長い息を吐いた。

「なぜ、こんなことを？　何のためにぼくを罠にかけた？」

水無月に蒼井さんの話を聞いたんでしょう、と杏菜が言った。

「真崎は彼女に執着していました。それは一連の犯行を見ても明らかで、手口を模倣していたのはその表れです。水無月は蒼井さんの能力を認めていました。真崎の執着心は恋愛感情と同じで、嫉妬していたんでしょう。だから、蒼井さんに佐山を殺させたんです」

「ぼくは……どうしたらいいんだ？」

俊の問いに、杏菜が顔を伏せた。強い風が二人の間を吹き抜けていった。

Chapter 11 首吊り

1

仕掛けはわかった、と黄色いテープをくぐった川名が俊の前に立った。十人ほどの刑事が神津マンションの屋上で現場検証を始めていた。

「エレベーターの降り口に、三十センチほどの高さで茶色い糸が張ってあった。力を加えると、壁に据えつけた鋲で糸が切れ、連動して佐山を縛っていた紐も切れる。アクア2は糸に気づかない。お前に佐山を殺させるためのトラップだ」

水無月の匂いがする、と川名が眉をひそめた。

「真崎の仕掛けにしては、手が込みすぎている。蒼井をダークサイドに落とすため、真崎に指示したんだろう。いずれ、電話があるぞ。蒼井くんは人殺しになったってな。腹が立つのは、佐山が殺されても、そりゃそうだろう、とおれ自身が思っていることだ。パワハラの責任も取らず、裏金疑惑でも逃げ回った佐山は人間の屑だ」

「そう思います」

佐山が殺されたとわかれば、と川名が握っていたスマホに目をやった。

「SNSが盛り上がるだろう。殺した刑事はヒーローだな」

ぼくが殺したわけじゃありません、と俊は言った。

「罠を仕掛けたのは真崎で、裏で糸を引いていたのは水無月です」

形としてはお前が佐山を屋上から突き落としたのと同じだ、と川名が顔をしかめた。

「それはいい。今、重要なのは真崎の確保だ。周辺の防犯カメラを調べれば、奴の姿が必ず映っている。どっちへ逃げたかわかれば、検問を張って逮捕する。水無月との関係を吐かせ、連続猟奇殺人事件に終止符を打つ」

降りましょう、と杏菜が後ろに回った。待ってくれ、と俊は目線を左右に動かした。

「真崎の人間性がわかりません。真面目で正義感が強い元自衛官と聞いていますが、本当ですか？」

罪と罰が見合っていないと真崎は水無月に訴えていた、と川名が言った。

「自衛隊にいた頃の上官、友部によれば、同じ隊で起きたセクハラ事件に怒っていたようだし、その裏付けもある。自衛官になれば社会正義を実現できると考え、入隊した男だからな……新荘も含め、佐山で六人目だが、連続殺人の犠牲者は道義的な意味で許されてはならない罪を犯していた。法で裁けない者たちに、真崎なりのやり方で制裁を加えたんだ」

「それなら、真崎がぼくに佐山を殺させたのはおかしくありませんか？　それこそ道義的な問題があるでしょう」

水無月に操られたんだ、と川名が洟《はな》をすすった。

「蒼井くんも大罪を犯していると騙され、指示に従った。その裏には、お前への嫉妬があったのかもしれんが、そこは藪の中だ」

「しかし……」

「放っておけば、真崎はまた人を殺す。奴のターゲットは犯した罪に対し罰が軽い者で、そんな連中はいくらでもいる。これ以上犠牲者を出すわけにはいかん。絶対に逮捕する」

俊は目をつぶった。どこかに違和感があったが、その正体はわからなかった。

2

「人を殺した気分はどう?」

深夜十一時五十分、玲から着信があった。明日にしてください、と俊は答えた。

「寝ようと思っていたんです」

だから日付が変わる前に電話した、と玲が小さく笑った。

「真崎の罠にはまっただけで、佐山の死はあなたの責任じゃない」

あなたが指示したんでしょう、と俊は言った。

「PITルームに戻ると、自衛隊の同僚、上官への事情聴取が終わり、最新の報告書が届いていたので、改めて目を通しました。優秀だが融通が利かない、頑固で周囲の意見を聞かない、コミュニケーション能力の低い男、と高校や大学の同級生が話していました。カウンセリングを通じ、あなたは真崎の性格を把握したはずで、思考が硬直化した単純な男だから、思い通りに動かすのは簡単だったでしょう?」

真崎は独りよがりな正義に固執して殺人を続けている、と玲が舌打ちした。

「社会のためなんて、ただの言い訳よ。ただ、彼がわたしの模倣犯なのは確かで、蒼井くんが勘違いするのもやむを得ない」

あなたの関与を疑う根拠があるんです、と俊はまばたきを繰り返した。

「犯人は死体に演出を加え、警察を挑発していました。あなたの指示で真崎が動いたと考える方が自然でしょう。一切かかわりがない？　信じられませんね」

わたしはずっと親友を探していた、と玲がため息をついた。

「芸術を語り合える友がいないのは寂しい……誰でもいいわけじゃない。言うまでもないけど、真崎は違った。わたしは彼に殺人を教唆していない」

カウンセリングを希望する者の多くは、と玲が声のトーンを落とした。

「純粋すぎる心を持っている。残念だけど、それは社会に適合しにくい。だから、心を病む。カウンセラーが患者の心理の深部まで踏み込むのは、信頼関係を築いているから。時として、患者はそれを恋愛関係と錯覚する。真崎がわたしの真意を誤解し、殺人に走ったとしても、責任は取れない」

出頭してはどうです、と俊は声を張った。

「連続猟奇殺人事件と自分は関係ない、真崎の殺人の責任を押し付けるなと――」

玲は無言だった。警察は真崎を必ず逮捕します、と俊は言葉を継いだ。

「あなたも元警察官なら、組織力の強さはわかっているでしょう」

逮捕は難しくない、と玲が言った。

「警察は佐山が転落死したマンション周辺の防犯カメラを調べ、真崎を捜す。彼の姿が一瞬でも映っていれば、逃げた方向を特定できる。二日以内に逮捕できるでしょう」

その二日で誰かを殺すかもしれません、と俊は目をつぶった。

「真崎のターゲットになり得る者は無数にいます。逮捕以外、彼を止める手段はないんです。SNSでは円谷や我妻殺しが称賛されていますが、それは私刑です。許されるはずないでしょう」

「本当にそう思うの？」

「個人の判断で誰かを裁くなんて、ヒトラーやスターリンのレベルですよ。独裁者の発想です」

「あなたは佐山の死体を見たの？」

しばらく無言でいた玲が尋ねた。遠目にですが、と俊は口をすぼめた。

「マンションの屋上から見ました。離れていたので、細かいところまではわかりませんが、顔をペンキで黒く塗られていました。地面に血が飛び散っていましたね」

どう思ったの、と玲が問いを重ねた。

「犯人の心理を理解できた？　殺された者たちの写真や映像を見て、美しいと思ったことは？」

勘弁してください、と俊は片目をつぶった。

「死体を美しいなんて思いませんよ。そんな話をしている暇があるなら、真崎の立ち回り先を教えてください。心当たりはありませんか？」

「ない」

あなたの協力が必要です、と俊は声を大きくした。

「真崎から連絡は？　どこに身を潜めているか、知っているのでは？　あなたは継続的に真崎のカウンセリングを行なっていました。その時のカルテはどこです？　何でも構いません。情報をください」

あなたを過大評価していたみたい、と玲がため息をついた。

「評価なんてしてほしくありません。真崎について――」

彼は高校二年の時に小西皆実《こにしみなみ》という女性に恋愛感情を抱いていた、と玲が言った。

「大学を卒業した後、彼女はホスト遊びにはまり、借金を返すために売春をしていたそうよ。彼女を救い、破滅させたホストに罰を与えたい、と真崎は話していた」

「ホストの名前は？」

「祐天寺美翔《ゆうてんじよしと》、年齢は不明。本名かどうかもわからない。真崎の調べによると、歌舞伎町のハレルヤというホストクラブに籍を置いていた。でも、その店はもうない……残された時間は少ない、と真崎もわかっている。次のターゲットに選ぶのは、祐天寺の可能性が高い」

「祐天寺は今どこに？」

「ホストの自宅を調べるほど暇じゃない。ただ、彼の実家は府中《ふちゅう》市だと真崎が話していたのを覚えてる。自衛隊に入ってから、真崎は府中に何度も行き、祐天寺を捜したけど、見つからなかったと落胆していた」

「他には？」

真崎は小西皆実と一度だけデートしている、と玲が言った。

「高校の時の話で、デートといっても、小西の側がどう思っていたかは何とも言えない。昭和記《しようわき》念《ねん》公園を二、三時間一緒に散歩した、と真崎は繰り返し懐かしそうに話していた。でも、調べる価値はあるかもしれない」

俊は東京の地図を頭に浮かべた。府中市、立川《たちかわ》の昭和記念公園、いずれも都心から離れている。

警視庁は真崎捜索の範囲を佐山が殺害された永田町、そして真崎の痕跡がある水天宮前駅付近に絞っていたが、発見はおろか、目撃情報もない。真崎は都心から離れたのか。

府中市の人口は約二十六万人、立川市は約十八万人と多く、どちらも面積は広い。簡単には捜せないだろう。

また連絡する、と玲が通話を切った。吉川班長に電話、と俊はアクア2に命じた。深夜〇時になっていた。

3

一夜が明け、吉川が東亜《とうあ》医大精神医学科と連絡を取った。朝九時、PITルームのパソコンに口ひげを蓄えた諫早《いさはや》教授の顔が映った。

「水無月くんは精神科医を志し、研修医としてうちに来た。非常に優秀で、二十代の終わりには本を出したり、テレビのコメンテーターとしての活動も始めていた。それに目を付けた警視庁がヘッドハンティングしたんだ。最初の二、三年はダブルワークで、真崎を含め、数十人のカウンセリングを行なっていた。紹介者がいれば依頼を受けていたから、トータルすると百人以上かもしれない」

「真崎の個人情報を東亜医大は把握しているんですか？」

俊の隣で、吉川が質問した。大学に残っているのはカルテだけだ、と諫早が口ひげを撫でた。

「昨夜、検察庁から真崎のカルテの情報開示要請があった。連続猟奇殺人事件の容疑者だからやむを得ない。私が電子カルテを探して、三十分ほど前、捜査一課の横川三係長にメールで送ったよ」

「はい」

具体的なカウンセリングに関してだが、と諫早が別のパソコンの画面を向けた。

「カルテによると、真崎は強い希死念慮《きしねんりょ》を訴えていた。自殺願望のことだ。彼が所属していた隊で、女性自衛官へのセクハラがあり、止められなかった自分を責めていた」

「聞きました」

真崎の性格について記載がある、と諫早が電子カルテを読み上げた。

「強い正義感と純粋な意思があり、それは強迫観念レベルまで達している、放置しておけば自殺を図る恐れがある、投薬及びカウンセリングで症状の改善を図る……真崎のことで水無月から相談を受けたのは覚えてる。どこまで内面に踏み込んでいいのか、踏み越えてはならないラインはどこか、その辺りを質問された」

「何と答えたんです？」

患者の信頼がなければ治療は難しい、と諫早が言った。

「一般論だが、そう答えた。どんな病気、怪我でも、医師との信頼関係が構築できていれば早く治る。ただ、信頼は好意と紙一重で、水無月は美人だし、真崎が好意を抱いたのは無理もない。それに気づいて、私に相談したんだろう。真崎は水無月を一人の女性として見ていたし、水無月もそれを煽っていた気配がある。彼女には真崎を利用する意図があったんだ」

「水無月の指示で真崎は殺人を続けているんですか？」

それはわからない、と諫早が首を振った。

「もう何年も彼女と話していないんだ。何とも言えないな」

水無月が話していましたが、と俊は口を開いた。

「真崎は小西皆実という女性に思いを寄せていたようです。大学を卒業後、彼女はホスト遊びにはまりましたが、その恨みが殺人のきっかけになったと――」

私は真崎と話したことがないんだよ、と諫早が唇を軽く噛んだ。

「患者は担当医以外を信用しない。だから真崎のバックグラウンドに詳しくないが、それが事実なら小西皆実を調べてはどうだ？」

始めていますが、と吉川が額に指を押し当てた。

「大学を卒業後、小西は友人と連絡を取っていません。ホストクラブは潰れてますし、ホストの消息は不明です」

水無月を知っていた者がまだ大学にいる、と諫早が言った。

「彼らにも事情を聞いてみよう。当てにしないでほしいがね」

ビデオ通話が切れた。真崎だが、と吉川が班員に目をやった。

「神津マンションを出た後、国会議事堂方面に向かったが、溜池山王周辺に出る脇道に入り、その後の足取りは不明だ。車で逃げた可能性が高い、とＳＳＢＣから報告があった。事前に車両を盗み、付近に停めていたのか……だが、脇道に入ってから進路を変えたかもしれない。周辺施設や店舗のトイレで着替え、帽子や眼鏡で変装されたら、捜すのは難しい」

水無月が協力したんですよ、と川名が手を挙げた。

「蒼井に何を言ったか知りませんが、あの女の言葉は信用できません。真崎とは連絡を取っていない、自分は一連の殺人と関係ない……怪しいもんです。実際は逆では？　水無月の指示で真崎は殺人を繰り返し、死体に細工をした。そう考えれば、何もかもすっきりします」

死体の処理に粗さがあります、と俊は言った。

「水無月なら、もっと手の込んだ細工を施したでしょう」

「真崎と水無月は関係ないってことか？」

ぼくに佐山を殺させたのは、と俊は片目をつぶった。

「水無月の考えそうなことです。人を殺した気分はどう、と電話で聞かれましたよ。張っていた糸はマンション屋上の床面と同色で、電動車椅子の弱点をついた仕掛けです」

誉《ほ》めてるんですかと言った千秋を無視して、俊は話を続けた。

「エレベーターの位置を計算し、ぼくの目が佐山に集中するように仕向けました。助けてくれ、と佐山が悲鳴を上げれば、ぼくは前に進むしかありません。心理を読み切ったトラップで、水無月が指示した可能性が高いでしょう。しかし……」

「しかし？」

なぜ真崎は彼女の指示に従ったのか、と俊は長い息を吐いた。

「誰も佐山に罰を与えられないなら、自分が殺すしかないと考え、実行した……それはいいとして、ぼくを巻き込む理由がわかりません。あれはぼくをはめるための罠ですが、真崎の正義の定義と矛盾します」

君は佐山を殺していない、と吉川が腕を組んだ。

「利用されただけだ。君に責任はない」

落ちていく佐山を見ました、と俊は眉間に皺を寄せた。

「罪の意識を感じないわけにはいきません。真崎はぼくが苦しむのを望んでいなかったはずです。それなのに、なぜ水無月の指示に従ったのか……」

どうもわからん、と吉川が川名に目を向けた。

「真崎は車で逃げた、と私は思っている。徒歩だと防犯カメラに映ってしまうからね。だが、車は誰が用意した？　水無月か？　優秀なプロファイラーでも、最近の車両は簡単に盗めないぞ」

甘く見ない方がいいですよ、と川名が口を尖らせた。

「車両の盗難は今も全国で起きています。ナンバーを付け替えるのは、素人でもできますよ。水無月が盗んだ車を運転するとは思えませんが、必要ならやります。そういう女ですよ」

水無月はメールを送ってきました、と俊は言った。

「君も人を殺せばいい、殺人の悦びを理解すれば、自ずと犯人が見えてくると……佐山殺しはそのためだったのかもしれません」

真崎を逮捕すれば、と浪岡が肩をすくめた。

「一連の事件について取り調べが始まります。どういう形で水無月が関与していたかわかるでしょう。今は真崎に集中するべきです」

「何か手があるのか？」

吉川の問いに、神津マンション周辺の防犯カメラのデータが届きました、と浪岡がパソコンを指さした。

「真崎は脇道に入り、そこに停めていた車で逃げたとSSBCは想定しています。警察は周辺の道路を走行中の車を調べましたが、真崎は見つかっていません。これはぼくの考えですが、駐車した車のトランクに真崎は隠れていたのでは？　検問解除を待って逃げるのは簡単です。それを調べるには駐車していた車両の確認が――」

どうかな、と川名が首を捻った。

「長時間路上に駐車していたら、それは駐停車違反だ。巡回警察官がチェックし、レッカー移動の対象になる。だが、そんな車の報告はない」

「そうですが……」

「真崎はコインパーキングに逃走用の車を停めたと考えていいが、それは想定済みで、すべて調べたと一課の刑事に聞いた。不審な車が停まっていれば、誰だって気づく」

月極《つきぎめ》駐車場かもしれません、と杏菜が顔を上げた。

「契約車以外が停まっていたら、管理者または契約者が通報したでしょう。でも、昼だけ、あるいは夜間だけ駐車している人もいます。事前に調べれば、それはわかったはずです。管理者も一時間おきに見回りはしません。契約者が使用していない時間なら、真崎が車を停めても問題は起きないんです」

そこに隠れていた可能性はある、と吉川がこめかみを掻いた。

「警察も契約車のナンバーは照会していない……浪岡、調べられるか？」

月極駐車場には防犯カメラが設置されているはずです、と浪岡がパソコンの画面に指を当てた。

「地図で確認しましたが、真崎が入った脇道に月極駐車場があります。待ってください……カメラが上を向いているので、駐車中の車が見えません。誰かが意図的に向きを変えているようです。ここでは何もできません。現場に行かないと――」

出るぞ、と川名が立ち上がり、杏菜がそれに続いた。急げ、と俊はその背中に声をかけた。

「その駐車場に手掛かりがあるはずだ」

うなずいた杏菜がＰＩＴルームを出て行った。横川三係長に伝える、と吉川が内線電話に手を伸ばした。

4

佐山殺しの捜査は一課三係が主体だが、捜査に加わっていたPITも情報を共有していた。

昨夜七時、神津マンション周辺の捜査が始まったが、真崎は国会議事堂前駅方向に二百メートルほど進み、そこから溜池山王へ繋がる脇道へ入った。だが、その後どちらへ向かったかは不明だ。付近には国会議事堂をはじめ、中央合同庁舎など警備が厳重な施設が数多く並んでいるが、脇道には数百メートルにわたりマンションや飲食店、コンビニがあるだけだ。真崎が通ったと推定される時間は、警察官の巡回がなかった。

脇道は全長四百メートルほどで、二カ所あるコインパーキングに停まっていた車を防犯カメラが撮影していた。ナンバーから所有者が判明したが、いずれも事件とは無関係だった。

脇道のほぼ中央に、十台の車を停められる月極駐車場があり、川名と杏菜が調べたところ、防犯カメラは空を向いていた。それでは駐車場に出入りする人間や車を確認できない。

その後、十台のうち三台分のスペースは近くの歯科クリニック専用で、最終診療時間の夜七時を過ぎると、誰も車を停めないのがわかった。

警察は神津マンションを中心に検問を敷いていたが、真崎を発見できないまま、明け方五時に解除していた。

それ以降に真崎が車のトランクから抜け出し、運転して駐車場から出たとすれば、チェックする者はいない。その辺りの事情が判明したのは、佐山の死から約二十時間後の午後一時だった。

SSBCが捜索対象時間を拡大し、ナンバーの照会を始めると、午後六時、青のセダンが笹塚《ささづか》の路上で見つかった。

四谷《よつや》から新宿通りに入り、国道20号経由で笹塚に向かったと考えていい。方向としては東京の西側だ。

真崎は土地勘のある府中市または立川市に逃げたのではないか、と捜査会議で意見が上がった。逃走手段は車以外にない。

三係、そしてＰＩＴその他支援部署が車両の捜索を開始した。神津マンションの地下室で真崎の死体が見つかった、と連絡が入ったのは午後八時だった。

5

見えるか、とスピーカーから川名の声がした。俊はパソコンに目をやった。

数本の懐中電灯の光が地下室を照らしている。画面に映ったのは真崎の首吊り死体だった。見えます、と杏菜が答えた。ＰＩＴから現場へ向かったのは班長の吉川と川名で、俊、杏菜、浪岡、そして千秋はＰＩＴルームにいた。

すぐに地下室の電灯が灯《とも》った。マンション建設を請け負った工務店が作業用の道具置き場として使っていた、と吉川がカメラを自分に向けた。

「昨日の夕方、佐山が殺された時点で、警察が現場保存を要請したため、工務店は工事を中断していた。だが、工事再開が決まり、それに備えて三十分ほど前、社員が地下室へ入ったところ、真崎の死体を発見、１１０番通報した。三係の刑事たちが臨場し、私と川名くんはそれに続いた」

また工事は延期になったそうだ、と川名が苦笑する声が聞こえた。笑えません、と浪岡がつぶやいた。

「死体が発見されたのは午後七時半ですね？」

杏菜の問いに、吉川がうなずいた。ＰＩＴルームの壁の時計が八時十五分を指していた。

まだ死体は降ろしていない、と吉川がカメラを真崎に向けた。床に脚立が倒れていた。

「鑑識は来たが、検視官が遅れている。真崎は天井の梁《はり》にロープを通し、先端に作った輪に首を通して、脚立から飛び降りたようだ」

自殺でしょうか、と俊は死体を見つめた。おそらく、と吉川が肩をすくめた。

「鑑識は自殺だと言っている。一課にいた時、私は自殺体の検分に何度か立ち会った。見た限り不審な点はない。ロープは工務店の作業員が使用して、地下室に置いていたそうだ」

しかし、と俊はまばたきをした。

「佐山がマンションの屋上から落ちた直後、真崎は神津マンションを離れたのでは？」

脇道に入り、停めていた車で逃げたとＳＳＢＣは想定していたが、と吉川がカメラを固定した。地下室全体が映り、立っている川名が見えた。

「だが、五十メートル先のコンビニの裏手に回ると、別の私道から神津マンションに戻れる。逃げてもいずれ捕まるとわかり、自殺したんだろう」

「マンションでなくても自殺はできます。わざわざ戻って首を吊ったのはなぜですか？　月極駐車場のカメラに細工をした理由は？　笹塚で見つかった青のセダンは誰が運転していたんです？」

うるさいな、と川名が床を足で蹴った。

「こっちも来たばかりだ。詳しいことは何もわからない。おれが思うに、真崎の本線は佐山だったんだ。佐山を殺せば自分の使命は終わる、と奴は考えた。だから、自殺したんだよ」

あり得ますね、と杏菜がうなずいた。

「真崎の歪んだ正義感に照らして言えば、最も罪が重いのは佐山です。最後に殺すと決めていたのでは?」

違う、と俊は唇を噛んだ。

「川名さん……これは偽装自殺です」

「なぜそう思う?」

真崎にとって殺人は正義です、と俊は答えた。

「悪人を処刑した真崎に罪の意識はありません。自殺するはずがないんです」

「じゃあ、誰が殺した?」

水無月ですと答えた俊に、真崎は元自衛官だぞ、と川名が呻いた。

「麻酔でも打ったか? 睡眠薬を飲ませて真崎の意識を奪い、ロープで首を絞めて殺したと? 水無月の腕力で引っ張り上げられるか? そんな痕跡はないし、できるとも思えん」

水無月は医師です、と俊は言った。

「心理をコントロールしていれば、自殺という意識もないまま、真崎が自らロープに首を突っ込んだと――」

催眠術じゃないんだ、と川名が苦笑を浮かべた。

「そもそもだが、催眠術で自殺は強要できない。いいか、抵抗の跡はないんだ。水無月はずる賢いし、言葉巧みに真崎を騙して首にロープを掛けたかもしれんが、お前の想定には無理がありすぎる」

俊は視線をパソコンに戻した。大きく息を吐いた時、着信音が鳴った。

Chapter 12 アクア2

1

「真崎は見つかった？」

玲の声がスピーカーから流れ出した。杏菜、浪岡、そして千秋が動きを止めた。

答える義務はありません、と俊は言った。

「あなたには関係ないでしょう。それより、聞きたいことがあります。ぼくに嘘をつきましたね？」

「嘘？」

真崎の立ち回り先として、と俊は言った。

「府中市や立川市を挙げましたが、彼は千代田区及び隣接する中央区、港区、文京区、新宿区、台東区を出ていません。なぜ、嘘をついたんです？」

確実とは言えないと何度も念を押した、と玲がため息をついた。

「常識的に考えれば、犯人は土地勘のある場所に逃げる。思い入れがある府中市、もしくは立川市を潜伏先に選んでも不思議はないでしょう。彼は千代田区と隣接する五区から出ていないのね？」

「おそらく」

真崎は永田町にいる、と玲が小さく笑った。

「あなたはPITルームね？　夜八時過ぎにあなたがそこにいるのは……真崎の死体が見つかったからね？　彼は自殺したの？」

答える義務はありませんと繰り返した俊に、時間の無駄よ、と玲が切り捨てた。

「佐山を殺して、目的を達成したんでしょう。もう猟奇殺人は起きない。警視庁にとっては朗報ね」

犯人を逮捕できなければ警察の負けです、と俊はまばたきをした。

「元警察官なら、それはわかるはずです」

警察とわたしの立場は違う、と玲がまた笑った。

「凶悪な殺人犯について言えば、逮捕だけがすべてじゃないと思っている。新たな犠牲者を出さないことが重要で、犯人の死もゴールになる。真崎のようなタイプの殺人者は、反省も後悔も更生もしない。裁判にかけても精神鑑定で責任能力がないと見なされ、医療刑務所送り……数年後には釈放されて、また殺人を始める可能性すらある。犯人の自殺で事件が終わるなら、ハッピーエンドと言っていい」

馬鹿なことを言わないでください、と声を荒らげた俊に、あなたは嘘が下手すぎる、と玲が言った。

「声の震えを隠し切れていない……無駄話は止めましょう。真崎が自殺したなら、あなたと話すのは今日で最後になる。わたしに従えば、話は簡単よ。苦しいでしょう？　わたしの側の人間だとあなたが素直に認めれば――」

下らないと俊が吐き捨てると、タイムアップ、と玲が通話を切った。俊の額からひと筋の汗が伝った。

2

彼女は真崎が自殺したのを知っていた、と俊は杏菜、そして浪岡と千秋に目を向けた。

「ぼくがＰＩＴルームにいるのは、真崎の死体が見つかったためだと話していただろう？　あれは自己顕示欲の表れで、ぼくより能力が高いと誇示したかったんだ」

プロファイリングですかと言った浪岡に、水無月に教わった、と俊は口をへの字に曲げた。

「猟奇殺人犯から学ぶこともある。彼女はマウントを取りに来た。ぼくが残っていたのは、連続殺人事件の捜査に動きがあったからだと推察できるけど、真崎の自殺を見抜けるはずがない」

水無月は何を狙っているんですか、と杏菜が首を傾げた。

「円谷が殺害された直後、彼女は蒼井さんにコンタクトを取ってきました。デジタル技術は日進月歩で、海外サーバーを経由しても、繰り返していれば発信地点を突き止められるリスクがあります。それでも執拗《しつよう》に連絡を取ってきたのはなぜです？」

円谷殺しの犯人は自分の模倣犯、と俊は言った。

「そう彼女は話していた。怒りがあるとも……だが、そのために連絡を取ってくるのはおかしい」

水無月玲は指名手配中の殺人犯だ。俊に接触してもメリットはない。何もかもが矛盾していた。

約三年前、玲は姿を消した。名前を変え、偽の健康保険証を入手し、東京のどこかに潜んでいるのだろう。

国外に逃亡すれば、何らかの痕跡が残るし、かえって見つかりやすい。木を隠すなら森に隠せのたとえ通り、日本最大の人口を誇る東京に潜伏した方が安全だ。

警視庁は水無月玲の銀行口座を監視していた。現金の引き出し、クレジットカードによる支払い、何かあれば玲の動きがわかる。だが、今日まで金の出入りはなかった。

名前や職業を偽り、アパートやマンションを借りるのは難しくない。だが、家賃や光熱費を支払わないと、ライフラインが停止する。

食費、通信費などもある。東京で暮らすには金が必要だ。

すべてを解決する手段がひとつだけあるのは俊もわかっていた。誰かになりすませばいい。

ただし、別人として生活する場合、ひとつだけ問題がある。その人物に気づかれたら、すべてが終わる。それを防ぐには、なりすました人物を殺すしかない。

おそらく、犠牲者は複数だろう。玲がなりすましたのは両親、兄弟、親戚や血縁者もいない四〇代の女性だ。

だが、彼女たちには社会人としての人間関係がある。社会から完全に孤立して暮らす者はほぼいない。

不動産業者と直接会わず、リモートアクセスによる内見だけでアパートやマンションを借りたとしても、両隣には人が住んでいる。まったく会わないのは難しいし、下手に避ければ不自然だ。

水無月玲の指名手配写真は交番に貼られ、ネットにも記事が残っている。そこから他人に気づかれてもおかしくない。

俊は目を閉じ、考えを巡らせた。

この三年で、玲は何度も転居しただろう。そのたびに誰かを殺してなりすまし、銀行口座やクレジットカードもその人物の物を使ったから、生活には困らない。

ただ、同じ場所に留まればいずれは怪しまれる。玲は殺人と転居を繰り返すしかない。

水無月はいわゆるシリアルキラーじゃない、と俊は目を開いた。

「彼女の動機は性的欲望、コンプレックスのいずれでもない。独特な美意識による殺人を続けている」

そうです、と杏菜がうなずいた。殺人において最も困難なのは死体の処理だ、と俊は話を続けた。

「山に埋め、海に捨てても、発見される可能性は消せない。燃やしたり薬品で溶かすと、臭いで気づかれる。だが、徹底的にやれば話は違う。水無月がどんな手段で死体を処理したか、考えただけで吐きそうになるよ。骨から肉をナイフで削ぎ落としてミンチにしたのか。粉になるまで骨を砕き、何日もかけてそれを捨てたのか……」

やめてください、と千秋が顔を背けた。彼女は医師だ、と俊は言った。

「解剖の経験もある。冷凍保存すれば臭気は発生しない。少量ずつなら、焼いても人間の肉とはわからない。彼女が犠牲者に選ぶのは孤独な社会的弱者だ。姿を消しても気づかれにくい。静かに暮らしていれば、逮捕されることはなかった。だが、それならなぜぼくに連絡を取ってきたのか……」

言いたいことはわかりますが、と浪岡が口をへの字に曲げた。

「円谷、我妻、白坂、宮原、佐山、いずれもネットで叩かれ、炎上した者ですが、社会的弱者とは言えません。社会との接点もありました。どういう形でも、死ねば誰かが気づきます」

「だろうな」

「一連の殺人の犯人は真崎ですが、自分の手口を模倣された水無月の怒りは理解できます。真崎の殺人によって、水無月の名前が改めてネットでクローズアップされましたからね。彼女はそんな事態を望んでいなかったでしょう。真崎が自殺すれば連続殺人は終わり、ネット探偵も消えますよ。水無月が恐れたのは警察の捜査が自分の身に及ぶことで、真崎の死を確認するため、蒼井さんに連絡を取ったのでは?」

さっきの電話はそうだ、と俊はパソコンに目をやった。

「だが……何か変だ」

わたしは水無月をよく知りませんが、と千秋が言った。

「プライドが高い女性だ、と先輩から聞いたことがあります。安易な模倣を許せず、警察に協力を申し出たのかもしれません。殺人を芸術と称していた女です。模倣犯を嫌悪し、排除したかったけれど、表立って動けないから蒼井さんを使ったとも考えられます」

水無月は計算で動く、と杏菜が首を振った。

「約三年、彼女は完璧に姿を隠していた。円谷の死体が発見された直後、ネットで水無月の名前は出ていなかった。リスクしかないのに、なぜ水無月は蒼井さんに連絡を取ったの?」

いずれは水無月の名前が出たでしょう、と浪岡がマウスをクリックした。

「模倣犯だから当たり前ですが、過去の彼女の殺人と手口が酷似しています。単なる死体損壊や悪戯《いたずら》ではなく、演出の意図がある……それは水無月の犯行だと、一課の刑事たちも気づいたはずです。それなら、早い段階で警察の動きを探ろうとしてもおかしくありません」

しばらく沈黙が続いた。吉川から電話が入ったのは、十分ほど経った頃だった。

3

映ってるか、と吉川が尋ねた。パソコンの画面に、担架に乗った真崎が映っていた。

「検視官が死体を降ろした。確認レベルだが、自殺の可能性が高いと言ってる」

真崎に自殺する理由はありません、と俊はパソコンを睨みつけた。

「解剖すれば、他殺の証拠が見つかるはずです」

簡単に言うな、とカメラの外で川名の怒鳴り声がした。

「ここで解剖するわけにはいかない。おれだって半信半疑だ。あれだけ殺人を繰り返した男があっさり首を吊るか？　だが、自殺だろうと検視官が言ってるし、鑑識も同じ意見だ。おれがどれだけ他殺体を見てきたと思う？　その経験で言えば、自殺にしか思えん」

首吊りは縊死《いし》だ、と吉川がスマホを自分に向けた。

「首に体重が一気にかかり、動脈が圧迫され、頭部への血流が止まって死亡する。そのため、顔が真っ青になる。死体の眼球に溢血《いっけつ》点や鬱血が出る特徴もある。他殺なら絞死で、窒息死だから動脈への圧迫はない。血流があるから、顔色は赤黒くなる。工務店の社員が発見した時、顔は真っ白だった。縊死と判断するのは当然だ」

吉川《よしかわ》線のこともある、と川名がカメラの前に出た。

「ロープによる絞殺なら、一瞬では死なない。真崎も抵抗したはずだ。元自衛官だぞ？　大暴れしたんじゃないか？」

そうですね、と杏菜がうなずいた。その際、この辺に引っ掻き傷が残る、と川名が自分の首に両手の指を当てた。

「それが吉川線だが、真崎の首に傷はなかった。ロープによる索条痕《さくじょうこん》も斜めだ。背後からロープを喉に巻いて絞めれば、ほとんどの場合索条痕は水平になる。それを含め、自殺の可能性が高いのは確かだ」

「真崎の爪はどうです？　皮膚、髪の毛、血痕、他殺なら何かが爪の間に残っていると――」

吉川がスマホを真崎の手に近づけた。爪はきれいだった。

「検視官だって百も承知だ。真っ先に確認していたよ」

だが何もなかった、と吉川がため息をついた。

「殺害後に自殺を偽装するのは難しい……これから病院に遺体を搬送する。その後、解剖が始まり、詳しく調べれば自殺か他殺かわかる。自殺なら一連の猟奇連続殺人は終わりだし、他殺なら真崎殺しの犯人を追うことになるが、上が判断を下すのは明日の朝だ。遺体が搬送されたら、私と川名くんは引き揚げる。君たちも帰っていい」

真崎の手にズーム、と俊はアクア2に命じた。パソコンの画面一杯に真崎の腕がアップになった。

「手首に何かついていますね？　白っぽいごみに見えますが……」

綿埃《わたぼこり》だ、と吉川が真崎の手首に顔を近づけた。

「神津マンションは工事中で、地下室は工事用の道具置き場だった。一日以上誰も入っていなかったから、埃ぐらいつくさ。私や川名くんのジャケットの袖にも綿埃が付着しているし、他の刑事たちも同じだ。何が気になるんだ？」

確認しただけです、と俊は答えた。細かいことが気になるのはミステリー小説の名探偵だけだと川名が肩をすくめた。

4

俊は迎えの介護タクシーに乗り、マンションに戻った。深夜一時半になっていた。

「エイプリル、鍵を閉めて」

ドアをロックしました、と合成音声が流れた。疲れた、と俊は目をつぶった。

「エイプリル、明かりをつけて」

短い廊下とリビングの照明が同時についた。俊は目を開き、リビングに入った。

今日で最後、と玲は話していた。彼女からの電話はもうない。

検視が終わるのは明け方だろう。それまで、数時間でも眠った方がいい。

「アクア2、ベッドモードに」

ゆっくりとアクア2の背が傾いた。フルフラットになるとベッドに変わる。

体が斜めになったところで、俊は声を上げた。アクア2が動きを止めた。

「ストップ」

(何かを見落としている)

シートを元の位置に戻し、俊はパソコンを開いた。吉川班長とのビデオ通話を再生と命じると、担架に横たわる真崎の死体が画面に映った。

「三十秒巻き戻して」

『一日以上誰も入っていなかったから――』

吉川の声が聞こえた。吉川と川名が地下室に入ったのは一課の刑事や鑑識課員たちとほぼ同時だ。

俊は数人が照らす懐中電灯の光を見ていた。

佐山が屋上から転落死した直後、警察は神津マンションを封鎖した。現場保存のためで、地下室も立ち入り禁止になった。

佐山が死んだのは一昨日の夕方五時過ぎ、工務店の社員が地下室に入ったのは昨日の夜七時半、と俊は頭の中で時系列を整理した。

地下室は閉鎖空間で、二十五時間前後、人の出入りはなかった。そこに一課三係の刑事、鑑識課員、検視官、そして吉川と川名が入った。

長時間人の出入りがなかった床には、薄くても埃が溜まっていたと考えていい。誰が足を踏み入れても埃が宙に舞うはずだが、懐中電灯の光には映っていなかった。

なぜ真崎の手首に埃がついたのか。常識的には静電気による吸着効果だが、埃は舞っていなかった。

吉川班長に電話、と俊は命じた。着信音が五回鳴り、留守電に切り替わった。

「春野にビデオ電話」

二度目のコールで、杏菜の顔がパソコンに映った。タクシーに乗っているのがわかった。

真崎は殺された、と俊は言った。まさか、と杏菜が顔をスマホに寄せた。

「検視官は自殺と言っています。吉川班長も川名さんもベテランの刑事で、偽装自殺を見逃すとは思えません。なぜ、そんなことを？」

真崎の手首に埃がついていた、と俊は片目をつぶった。

「ロープから死体を降ろしても、剝がれていなかった。静電気による吸着なら、簡単に落ちる」

犯人は真崎の手首をガムテープで拘束したんだ、と俊は話を続けた。

「口実を作って真崎の両腕を後ろに回し、ガムテープでぐるぐるに巻いた。そのまま担いで脚立を上り、ロープに真崎の首を入れて突き落としたんだ。五十センチの落差でも、一気に体重がかかれば動脈を圧迫して血流が止まって死に至る」

「その後、手首のガムテープを外した？」

ガムテープには粘着剤が塗ってある、と俊は言った。

「犯人は真崎の手首のガムテープを剝がしたが、少量の粘着剤が残り、そこに埃がついたんだ。外傷や抵抗痕が残らないから、刑事や検視官は首吊り自殺だと考える。後ろ手で拘束されたら、吉川線はつかない」

「水無月が殺したんですか？」

杏菜の顔に怯えが走った。違う、と俊は舌打ちした。

「ガムテープで手を縛られても、真崎は抵抗できたはずだ。地下室の床に争った跡はなかった。しかも、犯人は八〇キロの真崎を担いで脚立を上がっている。水無月には無理だ」

「では、誰が真崎を殺したんです？」

重要なのは、と俊はまばたきを繰り返した。

「自殺を偽装したことだ。単なる殺人より時間も手間もかかる。だが、すべての殺人事件の犯人を真崎と思わせるためには、そうするしかなかった」

「すべての殺人？　円谷たち五人は真崎が殺したんですよね？」

円谷順一、我妻真帆、白坂英喜、宮原一男、佐山広寿。殺害された五人の顔が俊の脳裏を過った。

円谷が殺される前に佐山は誘拐された、と俊は長い息を吐いた。

「それがすべての始まりだ。犯人は真崎で、自分が何をしたか水無月に話した。彼の正義を支持すると信じていたんだろう」

「支持する？　どんな理由があっても、殺人は正当化できません」

「真崎は純度の高い正義感を持っていた。法律で裁けない悪人は厳罰に処すべきと考えていたんだ」

「それは推測で、証拠はありません。誘拐された後も、佐山は生きていました。処刑のための誘拐ではなかったんです」

真崎の目的は、と俊は咳払いをした。

「裏金作りに森下総理が関与していたと自白させることだった。真崎は自分の計画を水無月に伝え、協力を頼んだ。真崎にとって水無月はメンターだから、指示を仰いだといった方がいいかもしれない」

そっちへ行きます、と杏菜が運転手に俊のマンションの住所を言った。タクシーが信号を左に曲がった。

「だが、水無月に協力するつもりはなかった。彼女が欲していたのは純粋な殺人だ」

「それは……わかります」

「そして、水無月は真崎による佐山の誘拐を利用できると気づいた。犯人に自分の罪を被せられると……三年間、彼女はなりすましのための殺人を続けていたけど、死体に演出を加えれば、水無月の犯行だと誰でもわかる。彼女としては不本意な殺人だったんだ。真崎を隠れ蓑《みの》にすれば、自分が望む殺人を実行できる。だから、罪に見合った罰を受けていない者をネットで探し、最初に円谷を殺した」

次の犠牲者は我妻だ、と俊は先を続けた。

「そして白坂、宮原……真崎は殺人に関与していない。あの男が担っていたのは佐山に裏金疑惑の真相を吐かせることで、殺すつもりはなかった。佐山の証言だけでは弱いと水無月に指摘され、彼は森下総理との会話を録音した音声ファイルを探したが、ＵＳＢは佐山の自宅にある。警察の監視下にあるから、真崎は手を出せない。だから、水無月に相談した」

「それで？」

「いずれ真崎は逮捕される、と水無月もわかっていた。宮原殺しが潮時と考えたんだろう。神津マンションへ佐山を連れてくるように真崎に命じ、まず地下室で真崎を殺害し、自殺を偽装した。屋上に糸や紐を張り、ぼくへの罠を仕掛けたのはその後だ」

「でも、彼女にはできないと言ってましたよね？」

水無月には協力者がいたんだ、と俊は言った。

「殺人の計画を立て、プランを練ったのは水無月だが、他に実行犯がいた。防犯カメラに映るリスクを考えれば、彼女は表に出られない。演出が雑だったのは、実行犯の手際が悪かったからだ。そうか、ぼくを監視していたのも実行犯だったのか……ノーマークの人間がぼくを見張っていても、気づく者はいない。春野、ぼくのマンションを映している防犯カメラの映像を集めろ。何度も映っている者がいたら、それが水無月の協力者で、殺人の実行犯だ」

「協力していたのは誰ですか？」

待て、と俊は囁いた。背後からかすかな物音が聞こえていた。

5

小さな音に気づいたのは、聴覚が鋭敏なためだった。エイプリル、と俊は小声で命じた。

「パソコンと照明を消して」

明かりが消えた。バックと囁くと、アクア2が狭いキッチンに入った。

（ピッキングの音だ）

俊の部屋の鍵は顔認証式だが、室内で転倒するなど不測の事態に備え、オートロックキーもついていた。

深夜二時近い。客が来るはずもないし、インターフォンを鳴らさずに部屋に侵入してくる者にあるのは害意だけだ。殺意と言ってもいい。

春野、と俊は囁いた。

「誰かがぼくの部屋に入ろうとしている。すぐ110番通報して、パトカーを呼べ。犯人がぼくを殺しても、逮捕はできる。急げ」

ドアが開く音がした。俊は息を殺し、前を見つめた。

侵入者は短い廊下を抜け、リビングに入ってくる。その際、キッチンの前を通る。

スイッチを押す乾いた音がしたが、俊の認証がないと明かりはつかない。小さな舌打ちとペンライトの光が重なった。

細い光がまっすぐ伸びている。黒い革の手袋をはめた左手が見えた。

「全速前進」

アクア2が俊の声に反応し、キッチンを飛び出した。横から侵入者に突っ込むと、ペンライトが床に落ち、明かりが消えた。

右斜め後ろにバック、と俊は叫んだ。リビングに家具がないので、動ける範囲は広い。

大きな男の影が闇に浮かんだ。左腕を押さえた男の口から、くぐもった悲鳴が漏れた。

110番通報した、と俊は大声で言った。

「すぐにパトカーが来る。今なら逃げられるぞ」

男が革のジャケットの内ポケットから飛び出し式ナイフを取り出した。ランダム回転と俊が指示すると、アクア2がリビング内で左右に動き始めた。

「水無月の命令だな？　ぼくを殺しても何にもならない。今すぐ逃げれば、何もなかったことにできる」

知ったことか、と男がナイフの刃を立てた。声を録音した、と俊は怒鳴った。

「マンションのエントランス、エレベーター、非常階段、三階の外廊下、ドアの前、そして室内にも防犯カメラを設置している。転倒したら、ぼくは自力で立てない。警備会社が二十四時間体制で見張っているんだ。顔を撮影される前に逃げた方が――」

男がナイフを振りかぶり、俊に向けて振り下ろした。パソコン、と俊は叫んだ。

胸の前で開いたパソコンの筐体《きょうたい》をナイフが貫通し、俊の鼻先で止まった。エイプリル、と俊は叫んだ。

「照明をつけて！」

部屋の明かりが灯った。男の顔を覆う大きなマスクが外れていた。

6

男がマスクをつけ直したが、もう遅い、と俊は言った。

「エイプリル、照明を消して……撮影した顔は自動でPITルームのホストコンピューターに送られる。友部さん、ぼくを殺しても止められません」

アクア２が前後左右に動き続けている。元陸上自衛隊二佐の友部和雄、と俊は名前を叫んだ。

「息が切れてますよ。あなたは太り過ぎだ。人を殺すには体力がいるんです。四肢麻痺のぼくなら一撃で仕留められると思ったんですか？　そう簡単にはいきません。パトカーが来る前に逃げるんだ！」

スマホ起動、と俊はアクア２に命じた。

「ストロボを連写」

リビングを光が照らし、消え、また照らした。友部の姿がコマ送りのようになった。

ランダムに動き続けるアクア２、そして俊を友部が捉えるのは難しい。

「水無月はどこにいるんです？」

ナイフを両手で摑んだ友部が突っ込んできた。左、と俊は叫んだ。アクア２のタイヤが滑り、数センチ左に移動した。

友部のナイフが腕を刺し、血が出たが、痛みはなかった。俊の体に感覚はない。

バック、と俊は叫んだ。短い廊下をアクア２が後退すると、ナイフを持った友部と二メートルほど間隔ができた。

「全速前進！」

俊の指示に、アクア２が前に進んだ。友部がナイフを俊の右肩に深く突き刺したが、全速前進、と俊は繰り返した。

友部の体ごとアクア２がロールカーテンを突き破り、窓にぶち当たった。ガラスが割れる音が聞こえ、ベランダに出ると強制的にブレーキがかかった。

『警告、危険です』

ベランダに塀はない。構わず、前へ、と俊は叫んだ。

アクア2が勢いよく飛び出し、一瞬浮遊した後、地面に落下した。

額から滴る血が俊の顔を染めた。頭部を守ったのはヘッドレストだった。

「誰か！　助けてくれ！」

パトカーのサイレンが聞こえ、俊は目だけを動かした。アクア2の下敷きになった友部の首から、骨が飛び出ていた。

着信音が鳴った。電話に出る、と俊は言った。

「春野か？　ぼくは外にいる。三階から落ちたけど、何とか無事だ。骨が折れているかもしれないが――」

「友部は？」

俊は目をつぶった。杏菜ではない。

「彼は死にました。来てください、今ならぼくを殺せますよ」

わたしよりパトカーの方が早い、と玲が言った。

「春野も向かってるわね？　それでもあなたを殺しに行くと？　わたしはそんな馬鹿なことをしない」

「どこにいるんです？」

返事はなかった。助けてください、と俊は呻いた。

「右肩を刺されて、腕は血だらけです。友部に殺されるなんて、ぼくの美意識が許しません」

それだけ喋れるなら命に別条はない、と玲が笑った。友部に円谷殺しを命じましたね、と俊は言った。

「我妻、白坂、そして宮原もです。佐山の誘拐は真崎の犯行でしょう？　真崎を殺したのは友部で、それもあなたが指示したんだ」

犯人が何でもぺらぺら喋ると思っているなら認識不足よ、と玲が言った。

「古い探偵小説とは違う……ただ、これだけは言っておく、わたしは真崎を許せなかった。彼は何も理解していない。それは友部も同じ」

「そうは思えません。友部はあなたに従って殺人を続け、死体に演出を施しています」

「自衛隊にいた頃、あの男は保険金目当てで実家に放火し、両親と兄夫婦を殺している。真相を知っているのはわたしだけで、命令に従うしかなかった。あんな下品な男の手を借りるのは不快だったけど、背に腹は代えられないと言うでしょ？」

友部の殺人には美しさがない、と玲がため息をついた。

「元自衛官だから、人を殺すだけの体力はあるし、死体の運搬や処理もできた。ただ、何をやらせても雑で話にならなかった。円谷殺しは特に酷くて、切断した指を死体の下に置き、そのままにしていた。慌てていたと言い訳をしたけど、あんなに頭が悪いとは思っていなかった……真崎を殺して自殺を偽装し、トラップであなたに佐山を殺させたのはわたしよ」

なぜ、ぼくを殺せと命じたんですか、と俊は口の中に溜まった血を吐き出した。風の音が聞こえた。

わたしは人を殺せない、と玲が言った。

「人を殺したいと願う者はいくらでもいる。でも、わたしが思い描く殺人とは違う。芸術を理解できるのはあなたしかいない」

「つまらない冗談です。笑えませんね」

あなたには殺人の才能がある、と玲が僅かに声を高くした。

「わたしはカウンセラーとして小学生のあなたと接し、その後も観察を続けた。驚くほどその才能は豊かで、わたしたちなら美しい殺人を永遠に続けられるとわかった」

芸術には理解者が必要だと言ったはず、と玲が笑った。

「誰もいなければ、芸術は自己満足で終わる……こちらへ来なさい、とわたしは何度も誘った。でも、あなたはうなずかなかった」

それなら殺すしかない、と玲が長い息を吐いた。

「あなたはわたしを逮捕できる。わたしにとってそれはリスク以外の何物でもない。もちろん、葛藤はあった。理解者が消えれば、残るのは寂寥《せきりよう》感だけよ。だから、ずるずる引き延ばしていた。友部を使ったのはわたしのミス。死にたがっている者を殺すのは難しい。友部はあなたの絶望がどれだけ深いか、理解していなかった……パトカーのサイレンが大きくなったわね」

俊の目に赤色灯の光が映った。今回は引き下がる、と玲が言った。

「真崎と友部、二人の実行犯の死で、連続猟奇殺人事件は幕を閉じる。真犯人は水無月玲だとあなたが訴えても、上層部は無視する。余計な詮索をされたくない森下総理も、捜査の中止を指示するでしょう。その方が万事丸く収まるの」

あなたは指名手配されています、と俊は怒鳴った。

「どこに隠れても、警察は必ず見つけますよ。友部の携帯を調べれば、あなたの情報が出てくるでしょう。出頭か自殺か、あなたに残っているのはその選択だけです。どちらにしますか?」

挑発には乗らない、と玲が言った。

「次は確実にあなたを殺す。その日を待って、震えながら過ごしなさい」

蒼井さん、と声がした。杏菜が駆け寄ってきた。

「大丈夫ですか？　酷い血が……」

「起こしてくれ」

アクア2に手をかけた杏菜の耳元で、聞け、と俊は唇だけで囁いた。

「外の道路とスマホから、パトカーのサイレンの音が同時に聞こえた。水無月は近くにいる。周囲五百メートル以内に検問を張れ」

しっかり押さえろ、とわざと大声で俊は怒鳴った。意図を察した杏菜が小さくうなずき、その場から離れていった。

水無月さん、と俊は言った。

「教えてください。なぜぼくに殺人の才能があると思ったんです？」

時間稼ぎは止めなさい、と玲が舌打ちした。

「春野の声が聞こえた。あなたはわたしが近くに潜んでいると伝え、検問を命じた。でも、もう遅い」

「水無月さん！」

「警察がどこに検問を張るかわかっていれば、裏をかくのは簡単よ……また会いましょう」

通話が切れた。春野、と俊は叫んだ。その声が闇に吸い込まれていった。

初出
「ジャーロ」86号（二〇二三年一月）～90号（二〇二三年九月）、92号（二〇二四年一月）

五十嵐貴久（いがらし・たかひさ）

1961年東京生まれ。成蹊大学卒。出版社勤務を経て、2001年『リカ』で第2回ホラーサスペンス大賞を受賞してデビュー。同作に始まるシリーズは'24年刊行の『リボーン』で9作を数え人気を博す。'07年『シャーロック・ホームズと賢者の石』で第30回日本シャーロック・ホームズ大賞受賞。警察小説、時代小説、青春小説、家族小説など幅広い作風で映像化も多数。著書に本作シリーズの第1巻『PIT 特殊心理捜査班・水無月玲』の他『SCS ストーカー犯罪対策室（上・下）』『バイター』『奇跡を蒔くひと』『交渉人・遠野麻衣子 ゼロ』『十字路』などがある。

PIT　特殊心理《とくしゅしんり》捜査班《そうさはん》・蒼井《あおい》俊《しゅん》

2024年10月30日　初版1刷発行

著　者　五十嵐《いがらし》貴久《たかひさ》

発行者　三宅貴久

発行所　株式会社 光文社

〒112-8011　東京都文京区音羽1-16-6

電話　編　集　部　03-5395-8254

　　　書籍販売部　03-5395-8116

　　　制　作　部　03-5395-8125

URL　光　文　社　https://www.kobunsha.com/

組　版　萩原印刷

印刷所　堀内印刷

製本所　ナショナル製本

ISBN978-4-334-10450-4